Que celui qui n'a jamais tué
me jette la première pierre

Vincent Baguian

Que celui qui n'a jamais tué me jette la première pierre

roman

PLON
www.plon.fr

92, avenue de France
75013 Paris
Tél. : 01 44 16 09 00
Fax : 01 44 16 09 01
www.plon.fr
www.lisez.com

Mise en pages : Graphic Hainaut
Dépôt légal : février 2023
ISBN : 978-2-259-31049-9

À moi

I

J'avais 7 ans quand j'ai décidé de tuer ma mère. Elle m'avait à nouveau interdit de regarder sous ses jupes. En m'assénant une claque, cette fois-ci. J'étais jusque-là persuadé d'être l'élu, que nos intimités ne faisaient qu'une. Qu'espérait-elle pouvoir me cacher? J'avais été propriétaire de tout son intérieur, du plus profond d'elle. Et voilà qu'elle me signifiait brutalement notre séparation. Pourquoi cette humiliation? Pourquoi ce soudain bannissement? Je ne l'ai pas supporté. Alors je l'ai poussée de toutes mes forces dans l'escalier. Elle ne s'est pas relevée.

Tout le monde a cru à un accident. Personne ne m'a jamais suspecté, jamais inquiété. Au contraire, on m'a plaint, consolé et beaucoup caressé la tête avec énormément de compassion. Si j'avais pu imaginer le vent de liberté qui se mit à souffler sur ma vie à partir de ce moment-là, je m'en serais débarrassé plus tôt. Elle avait passé son temps à me priver de tant de choses sous prétexte de me montrer le bon chemin. Je marchais depuis la naissance en suivant le parcours convenu et balisé de ses volontés; jamais des miennes. Soumis à son autorité, j'arpentais une route pavée de frustrations. Celles qu'elle avait subies, et qu'elle m'imposait pourtant à son tour, soi-disant par amour. Bien entendu, je pressentais la joie d'échapper à ce tracé défini, j'envisageais le plaisir audacieux d'explorer tout l'espace, loin des sentiers battus. Il suffisait d'oser, de faire confiance à ses intuitions. Le sacrifice que je venais de consentir fut vite récompensé. Comment aurais-je pu savoir si jeune que le bonheur existait à ce point ? Maintenant que j'ai pris un peu de distance avec cet événement, je peux avouer qu'il fut plus douloureux de me séparer de « Nono » mon doudou, que de supprimer maman.

Par ce geste salvateur, mon existence a basculé. Je remercie le ciel d'avoir agi à l'âge où les impulsions commandent encore. Si je n'ai pas hésité, c'est que l'enfance ne prémédite pas. Elle a l'énergie des raisonnements simples, binaires, tranchants, efficaces. Je m'efforce de conserver cette naïveté, au lieu de m'enliser dans d'interminables réflexions. Les hésitations, les atermoiements, les scrupules, voilà les principaux obstacles à toutes nos ambitions. Depuis que j'ai eu le courage de couper définitivement le cordon, j'ai gagné en assurance (aux deux sens du terme). D'abord, une prime confortable est venue récompenser ma témérité. Et puis, j'ai pu constater qu'il émanait désormais de moi une sorte de puissance magnétique qui incite l'autre à ne pas essayer d'entraver mes initiatives. J'attire les êtres aimants positifs. Je repousse les négatifs, les toxiques, les malveillants. Je ne menace pas, je ne hausse pas le ton, je ne me bats jamais, ça se fait tout seul. En général, les choses se mettent en place comme si mes semblables devinaient de quoi je suis capable. Et c'est vrai que j'en suis capable. Je ne crois pas en la raison du plus fort, les loups sont tellement vulnérables. Je ne crois qu'en l'instinct de l'animal le plus déterminé. Moi.

En tant que médecin, je n'use ni de mon pouvoir, ni de mon métier pour m'enrichir personnellement. Cela ne m'intéresse pas. Posséder est le réflexe le plus dérisoire et le plus précaire qui soit. Les décès que je constate régulièrement m'ont instruit à ce sujet. Courir après la fortune est une bêtise aussi grosse qu'un mausolée. Je garantis à ceux qui m'aiment et me sont proches, ainsi qu'à moi-même, un quotidien confortable, des vacances agréables, sans luxe et sans privations. Pas plus, pas moins. Je n'ai aucun goût pour le superflu. Mais je jouis, en revanche, sans relâche de tous les plaisirs gratuits de l'existence. Ils sont si nombreux et le temps imparti est si court. Il n'y a par exemple rien de plus épanouissant pour moi que d'ordonner le monde qui m'entoure comme je l'entends ; en fonction du bien et du mal. Je ne suis pas devenu docteur pour servir les uns comme les autres, à égalité. Doit-on établir que tous les êtres se valent ? Pas du tout. Au fond de nous c'est une vérité, seulement combattue par notre éducation. Que l'on ne vienne surtout pas me soutenir que chacun mérite d'être soigné correctement et de la même manière. Il y a des tas d'indésirables. La preuve ? Abréger les jours de certains patients peut contribuer à soulager tout l'entourage du défunt. Il emmerdait la terre entière, adieu. Sans lui la société tourne plus rond. C'est la vie au sens large que l'on bonifie en la retirant à ceux qui nous empoisonnent. Peut-être même est-ce la société tout entière que l'on sauve. Mon ordre moral dicte les règles, pas l'Ordre des médecins qui dégouline de bonnes résolutions dépassées et irréalistes. J'applique mes propres lois, plus aléatoires, moins rébarbatives et tellement plus justes. Après tant d'années d'études, acharnées, passionnantes, pourquoi devrais-je me résoudre au train-train du sacerdoce ? Pourquoi faudrait-il abandonner mon sens aigu du discernement et agir dans l'intérêt du malade, uniquement ? Jamais dans le mien ? Jamais dans le vôtre ? Et puis je connais trop les conséquences de la routine sur nos organismes pour prendre le risque de puiser un futur cancer à cette source. Je fuis l'ennui comme la peste. Alors j'invente, j'improvise, je me permets. Selon moi, le crime en lui-même n'est pas répréhensible. Tout dépend de qui on assassine. Mes victimes ont toutes amplement mérité leur sort. La vie est sans nul doute notre bien le plus précieux, alors malheur à celui qui s'aventure à venir gâcher la mienne.

Lorsque j'ai installé mon cabinet dans la jolie ville de La Ciotat, rue des Poilus, à deux pas du port, la clientèle a rapidement répondu présent. La plaque en cuivre produisait son petit effet.

Victor Baunard
Ancien interne des hôpitaux de Paris

Ici, on a beau charrier les vacanciers du mois de juillet et du mois d'août en leur lançant à tout bout de champ des « Parigots têtes de veaux », quand il s'agit de santé, la Capitale inspire confiance. Jeune praticien de 35 ans, j'incarnais le progrès, j'étais à la pointe, instruit des découvertes récentes. Célibataire, je ne comptais pas mes heures et me rendais toujours disponible. Contrairement aux nombreux autres collègues de la région, je n'expédiais pas les dernières consultations de la journée pour aller laper la soupe chaude de bobonne devant le journal régional de France 3. Je remis rapidement sur pied quelques sexagénaires mal en point, trop heureux d'échapper aux griffes de confrères incompétents, qui ne font pas exprès de vous tuer. Grâce à un bouche à oreille fulgurant, ma patientèle empiétait déjà les limites de mon emploi du temps. Ma réputation de meilleur docteur du coin me valut d'être hautement considéré en quelques mois seulement. J'étais bientôt le confident du maire, l'ami du commissaire. Le dimanche, on m'invitait à déjeuner à la paroisse ou chez le capitaine des pompiers, dont la femme cuisinait divinement des plats raffinés. Son insolente beauté, son allure incandescente lui auraient pourtant permis de trop faire cuire les nouilles sans que j'y trouve rien à redire.

Jamais je n'aurais eu le courage d'aborder une femme comme Framboise. Je n'aurais jamais eu non plus l'impudence d'espérer la voir en tête à tête si elle ne s'était un jour présentée à mon cabinet. On se dit forcément que ce genre de bijou est réservé aux autres, aux chanceux. En ouvrant la porte de la salle d'attente, je n'en revenais pas. Elle venait me voir, moi. J'allais être rémunéré pour inspecter un tel joyau. Je devenais une sorte de conservateur du patrimoine. J'expertisais l'œuvre. Sans la posséder, c'était déjà un privilège insensé de l'approcher autant. Elle venait consulter pour de légères palpitations, de petites contractions dans la région abdominale qui lui semblaient anormales, et l'inquiétaient. Assise en face de moi, de l'autre côté du bureau, elle se confiait comme une patiente ordinaire. Je me suis entendu lui dire, sans parvenir à contenir tout à fait mon émotion, avec cet excès de salive qui vient engorger les mots policés quand l'envie vous étreint : « Déshabillez-vous, nous allons regarder cela. » Et je me suis mis à griffonner n'importe quoi sur une ordonnance. Il fallait simuler un chaste désintéressement professionnel tandis qu'elle enlevait pudiquement sa robe derrière le paravent. Je me souviens de sa voix de petite fille m'annoncer : « Ça y est ! » Fébrile, je découvris alors les recoins les plus secrets de cette Vénus vertigineuse, désarmante, vulnérable. Ses sous-vêtements soulignaient finement sa nudité sans chercher ni à la masquer, ni à l'exagérer. Tout le monde à La Ciotat connaissait de vue l'épouse du capitaine Fabère. La croiser une seule fois dans la rue la rendait inoubliable. Mais de loin, elle y perdait. Contrairement à tant d'autres femmes, sa beauté se révélait de manière encore plus irréelle de près. La subtilité de chaque détail conférait au tableau une empreinte unique, inconcevable. De l'implantation de ses sourcils à la finesse de ses mains, de la fragilité de ses chevilles jusqu'au dessin minutieux des ongles de ses petits doigts de pied, tout avait été conçu pour être adoré.

« Inspirez… Soufflez… » En promenant mon stéthoscope, je l'effleurai involontairement. Aucune peau jusqu'ici n'avait éveillé en moi la sensation que mon corps allait subitement se liquéfier pour se répandre en une flaque insignifiante sur le sol.

Framboise prit l'habitude de venir me consulter. Elle se disait en confiance avec moi. Elle avait toujours un bon prétexte. Bien entendu, secret médical oblige, nous n'abordions jamais ses visites lors de nos brunchs dominicaux. Ce qui renforçait implicitement notre complicité.

C'est lors de notre sixième ou septième rendez-vous qu'elle osa aborder sur la pointe des pieds un sujet ardu qui la contrariait. Alléguant des déboires avec tous les gynécologues qu'elle avait pu rencontrer et la nécessité d'être néanmoins suivie par quelqu'un avec qui elle se sentait en sécurité, elle me demandait si j'acceptais de tenir ce rôle. Tandis que ma bouche articulait difficilement un timide «oui» que je voulais prononcer sans ambiguïté, je m'évanouissais intérieurement.

Framboise possédait un orifice magnifique. Le plus beau de tous ceux que j'avais eu l'opportunité de voir. Une sorte de fruit rose, charnu, qui donne envie de croquer dedans à pleine bouche, pulpeux comme l'intérieur d'un litchi, aussi ferme qu'un abricot à moitié mûr. Une exception anatomique, un chef-d'œuvre de la nature, la perfection du dessin et le parfum de la volupté. La vulve de rêve. Ceux qui sont passés comme moi par l'introspection médicale des intimités sont avertis des mauvaises surprises qu'elles réservent quelquefois. Ne jamais se fier aux pétales de la fleur. Une fois déshabillée, elle peut dévoiler des malformations écœurantes, des moisissures inattendues, des infections que les apparences n'auraient jamais laissé préjuger. Les plus belles plantes enferment parfois des secrets répugnants, du venin. Certains pistils exhalent des vapeurs nauséabondes qui guérissent de tous les penchants d'amour. Framboise, c'était le contraire, exactement. Son corps était un appel, ses seins arrogants une provocation, son cul alléchant, un blasphème ; et son sexe opulent sentait le miel, le caramel. Dieu avait eu pour elle toutes les bontés. Je m'efforçais cependant, à grand-peine, de procéder à l'examen avec le plus grand sérieux.

Contre toute attente, les mains de Framboise se mirent alors à solliciter des soins plus caressants. Comme j'hésitais, n'étant pas certain de bien comprendre, elle se montra plus directive, me conduisant clairement à l'essentiel et manifestant son désir par une cambrure et des ondulations non équivoques. Pourquoi avait-elle jeté son dévolu sur moi ? Pourquoi sa beauté sans égale avait-elle choisi la banalité affligeante de mon enveloppe charnelle ? Elle l'ignorait exactement, m'avoua-t-elle quelque temps plus tard. Selon elle, je dégageais une énergie protectrice qui l'ensorcelait. Ma simple présence la rassurait, lui procurait un bien-être qu'elle n'avait jamais connu auparavant. Une vibration indicible l'attirait vers moi. Elle comptait me le prouver à maintes reprises. Comblé par ce don du ciel, j'accueillais le cadeau tel quel et me satisfaisais de cette explication comme le gagnant du Loto accepte le hasard. Merci, Seigneur.

En dehors des invitations officielles à déjeuner chez elle et son mari, un ou deux dimanches par mois, je voyais donc régulièrement Framboise seule, lors de consultations de plus en plus rapprochées. Toujours soucieux de préserver sa santé, je lui réservais des heures de visite particulières. Nous nous aimions alors sans beaucoup parler et sans aucun complexe. Le naturel de notre relation, l'évidence qui s'imposait nous ôtaient toute culpabilité. J'appréciais sincèrement Tristan Fabère, je ne lui volais rien, ce n'était pas la même chose. Et fort heureusement, je ne ressentais aucune jalousie à son endroit. Il avait découvert le trésor le premier. J'en surveillais l'état et en assurais la sauvegarde avec plus de vigilance qu'aucun directeur de musée. Mais « le capitaine » en restait, sans contestation, l'unique et légitime propriétaire.

Je m'autorisais par ailleurs quelques aventures parallèles au vu et au su de tous. Framboise, en femme intelligente, me concédait avec indulgence ces passades qui, par-dessus le marché, dissipaient les éventuelles suspicions nous concernant. Cette histoire idéale aurait pu se poursuivre ainsi, indéfiniment.

Quand Framboise m'avoua en larmes, un jour où le plaisir la fuyait, que le capitaine des pompiers ce sauveur de l'humanité, ce héros, ce fantasme incarné, l'avait à nouveau maltraitée, je fus de prime abord incrédule. Que cela durait depuis plusieurs années ? Je pensai à une blague. Qu'elle le craignait au-delà de tout, je ne m'en étais jamais rendu compte. Qu'il abusait d'elle ! La possibilité d'une telle ignominie m'avait échappé. Telle était donc la véritable origine des contusions que je constatais parfois sur le corps parfait de Framboise et qu'elle justifiait par maintes explications plausibles. Ses cours d'escalade, un accident de jardinage, la porte du salon dans laquelle elle s'était cognée, une glissade sur les rochers, lors d'une baignade à Cassis... J'avais même fini par vouer à sa maladresse chronique une tendresse particulière qui nous permettait de commencer nos jeux érotiques par les soins attentifs que je lui prodiguais. Je reconnais honteusement qu'avec un peu de bon sens j'aurais dû découvrir la réalité, mais il m'était plus confortable de croire les versions rigolotes qu'elle s'ingéniait à inventer. Je n'aime pas voir le mal. Il m'obsède. Et je ne me sens apaisé que lorsque j'en suis débarrassé. Alors, par lâcheté sans doute, par paresse certainement, je prête à tous de louables intentions et chacun bénéficie de ma part d'un *a priori* favorable. Se focaliser sur un problème à résoudre est épuisant. Jamais le capitaine Fabère ne m'était apparu comme un rival. Je lui trouvais d'innombrables qualités. En aucun cas le fait de partager Framboise avec lui n'avait occulté son courage, son humour, sa convivialité. Je fréquentais sa table avec bonhomie, sans la vanité du galant qui berne le mari. Il n'était pas le cocu ridicule, je n'étais pas l'amant arrogant. Je ne convoitais pas sa place, chacun avait son rôle dans le bonheur de Framboise. Je me sentais comme un ami qui aide discrètement un époux à préserver son couple en le dépoussiérant de toutes les frustrations liées à l'usure du temps. J'étais le petit coup de jeune, le rafraîchissement des peintures de la chambre nuptiale, le vent sur les braises, le piment dans la sauce, le bain de vinaigre blanc qui rend son brillant à l'alliance en or ternie au fil des ans. Rien de plus. Dorénavant, les nouveaux paramètres m'obligeaient à examiner les choses sous un autre angle. Ou alors, je n'étais pas un homme.

Le dimanche suivant, j'acceptai l'invitation à déjeuner chez les Fabère. Ne rien changer aux habitudes, tel est le meilleur alibi. Pourtant sous l'éclairage cru des révélations, le pompier me semblait désormais malodorant. Je redoublai d'efforts pour ne pas laisser transparaître mon aversion. Je savais à présent ce que dissimulait son apparente courtoisie, comme un joli grain de beauté cache un sale mélanome. Sous ses sourires, sa générosité, sa jovialité débordante, ses blagues sempiternelles, somnolaient la violence, l'outrage fait à une femme qui méritait exactement le contraire. Mon estime pour lui se muait en mépris. Je le jugeai soudain inexcusable, faible, décevant, vil, mesquin, misérable, malfaisant, inutile. Tout en me résignant au jeu des mondanités, je ne pouvais plus le regarder sans envisager sa disparition. Ce qui, une semaine plus tôt, aurait pu être à mes yeux d'un égoïsme monstrueux m'apparaissait, aujourd'hui, comme un acte charitable. Je n'avais jamais projeté de lui voler sa femme, tant que je la pensais aimée et en sécurité. Tout avait changé. Il fallait délivrer Framboise, la protéger. Et comment la libérer du piège insidieux dans lequel cet homme l'enfermait, sans préméditer des méthodes radicales ? C'était le seul moyen de la soustraire ensuite aux inéluctables harcèlements, représailles, complications judiciaires. Pour autant je préservais Framboise des méandres émotionnels qu'engendrait une telle opération en ne lui en disant rien. Je tenais à lui épargner les scrupules et ensuite des remords. J'épiais désormais Tristan Fabère dans ses attitudes, ses habitudes, pour identifier la faille, le bon moment et le moyen idéal.

Trois semaines plus tard, ma détermination était encore renforcée par les agressions répétées que Framboise avait eues à subir. Plus elle cherchait à échapper aux assauts de son bourreau, plus il se montrait véhément. La passivité de façade que j'affichais, pour n'éveiller aucun soupçon, commençait même à entamer notre connivence amoureuse. Je pansais ses plaies quand elle attendait de moi que j'éteigne sa douleur. Ce que je ne pouvais faire ouvertement sans la rendre complice. Il fallait agir aussi vite que seul – et sans préalable.

J'arrivai donc à la villa Lou Jassy, accompagné d'une certaine Sandrine rencontrée un mois plus tôt sur Meetic. Une jeune femme très voyante que l'on préfère d'ordinaire cacher dans son lit que présenter à ses amis. Mon autre bras était également chargé de victuailles, cinq bons kilos de côtelettes, merguez, saucisses. Nous étions nombreux. Ajoutez à cela que les largesses éloignent les suspicions quand la pingrerie les attire. Le jardin de la maison de fonction réservée au capitaine des pompiers était un véritable petit paradis, où les notables de La Ciotat avaient plaisir à se retrouver. Et où les absents risquaient d'avoir les oreilles qui sifflent plus fort que le mistral. Mon plan était clair, précis. La présence de tout ce beau monde faisait partie de la stratégie. Tristan Fabère nous accueillit chaleureusement, comme de coutume. Au regard concupiscent qu'il jeta sur Sandrine, je devinai aisément qu'elle ne le laissait pas insensible. Intuition confirmée lorsqu'il crut bon de me glisser à l'oreille de son accent chantant que je trouvais hier encore pittoresque :

— Putain, celle-là ! Elle est tellement bonne, peuchère, qu'on aurait presque envie de lui faire mal au lieu de lui faire du bien.

En d'autres circonstances, son commentaire aurait pu m'arracher un sourire.

— Je suis amoureux, Tristan, c'est assez discourtois.

— Oh ! pardon, Victor, je suis con comme la lune. Désolé, franchement.

Sa connivence de pacotille, dégradante pour Framboise, insultante pour mon amie du Net, m'aida s'il en était besoin à le condamner définitivement. Comme un malade incurable. Le compte à rebours était lancé.

À l'abri du vent, derrière la terrasse, le barbecue crachait son épaisse vapeur d'aiguilles de pins. C'est ainsi que Tristan amorçait la cuisson, « pour donner davantage de saveur à la barbaque », prétendait-il. Fier d'avoir construit de ses mains ce prototype en briques permettant de cuire simultanément des quantités pantagruéliques de viande, il n'aurait délégué à personne le soin de diriger ici les manœuvres de grillade. Alors qu'il officiait en maître du feu et des chairs, les invités, de l'autre côté du mur, exemptés des odeurs de fumée incommodantes, trinquaient sans modération pour s'ouvrir l'appétit. À grand renfort de Ricard. Les médisances légères n'étaient que les prémices d'attaques plus virulentes, quand les degrés d'alcool auraient fait leur œuvre de désinhibition.

En assistant zélé, je prêtai main-forte à Tristan dans sa tâche, comme d'habitude. J'apportai les plats, les viandes, les ustensiles, obéissant aux ordres du chef et aux demandes des convives, toujours comme d'habitude. Parfois dans mes allers-retours incessants entre la cuisine, la terrasse et le barbecue, je croisais Framboise. Nous nous frôlions, en faisant exprès de ne pas le faire exprès, comme si de rien n'était, devant tout le monde, et nous en frissonnions pour nous seuls. Elle était le centre de toutes les convoitises masculines, silencieusement. Un regard de sa part était un cadeau que l'on guettait, un espoir que l'on fondait. Voilà sans doute ce qui poussait chacun à boire encore davantage, les hommes pour noyer la désillusion d'un jour la posséder ; les femmes pour oublier l'affront injuriant de tant d'attraits.

Je retournai voir Tristan qui ne refusa pas le verre que je lui tendais, trop pressé de trinquer avec moi et de dissiper sa maladresse de tout à l'heure :

— Tu ne m'en veux pas, hein ? Parfois, je suis un âne. Je suis que pompier, pas un grand philosophe.

— À la tienne, capitaine !

Le gosier asséché par sa besogne ininterrompue près du brasier, il avala d'un trait la boisson anisée et du même coup les deux capsules de GHB que j'y avais incorporées. Pendant dix minutes il continua à avoir une activité normale, surveillant avec attention la cuisson des chipolatas :

— Putain, j'ai un coup de chaud de malade.

Il s'assit sur le muret, s'épongeant le front avec le torchon de cuisine, se dessinant par là même une barre de suie aussi marquée qu'un conducteur de locomotive à vapeur. Une bête humaine.

— Ça va, Tristan ? Tu veux quelque chose ?

— Je reprendrais bien un Ricard avec des glaçons, peuchère.

— OK, je vais te chercher ça. Hé ! Tristan, ça crame, là.

Il se releva en titubant, bravant son étourdissement, vaillant soldat du feu qui fait passer le devoir avant tout dès que l'urgence appelle. Il sauva une vingtaine de saucisses. Je le frappai alors de toutes mes forces avec le tisonnier au niveau de l'occiput. Il s'effondra sans broncher sur le gril, plié en deux comme un personnage de Lego. Je renversai le reste de la bouteille d'alcool à brûler de manière que l'on conclue logiquement que c'était lui qui s'en servait ; l'imprudent ! Il s'enflamma. J'apportai les chipolatas.

Sur la terrasse, on discutait des penchants de monsieur le curé pour les timbres exotiques et le nouveau commis glacier de Chez Amorino. L'épouse du notaire avait son avis, que ne partageait pas le commissaire Manuel Murat.

— Non, honnêtement, Manuel, vous auriez vu son regard lubrique en demandant : « Deux boules, jeune homme » …

— Je vous dis, moi, que le père Chanterelle fricote avec la femme du quincaillier.

— Monsieur le commissaire, votre instinct vous joue des tours.

— Je ne vous parle pas de mon flair. Certes, je n'ai pas de preuves, mais j'ai des informateurs...

— Moi non plus, je ne le sens pas tellement attiré par les hommes.

Le silence se fit. Quand Framboise prenait la parole dans le domaine de la séduction, de la sexualité, de la beauté, c'était parole d'Évangile. Cela ne l'encourageait guère à intervenir d'ailleurs, car elle savait pertinemment qu'elle allait étouffer en quelques mots la flamme d'une discussion. D'où sa discrétion que l'on attribuait, à tort, à de la timidité. Manuel Murat, soutenu par Framboise dans ses supputations, ne cachait pas sa satisfaction. L'épouse du notaire masquait difficilement son amertume. Quand j'arrivai :

— Voilà des chipos toutes chaudes !

Manger est une échappatoire pratique aux situations embarrassantes. Le plat que j'apportais fut vidé dans l'instant. Je m'installai confortablement dans un fauteuil et me servis un verre de rosé Domaine du Paternel.

— Qui va chercher les côtelettes ? Moi, je suis cuit.

— Ha ! Ha ! Victor, toujours le bon mot. J'y vais !

Sandrine riait pour pas grand-chose. Elle cherchait à prendre sa place au sein du groupe. Elle s'empressa donc de proposer ses services, trop heureuse de me montrer qu'elle pouvait être utile à autre chose qu'à assouvir des fantasmes. Un nuage noir, anormal, commençait à s'élever au-dessus du toit. Une odeur de textile et de cochon grillé empestait l'air ambiant. Sandrine contourna le mur de la terrasse. Deux secondes après, elle reculait en hurlant, perdait l'équilibre instable inhérent à ses trop hauts talons. Elle chutait lourdement sur les graviers sans cesser de crier, tandis que le plat en faïence se désintégrait au sol. Assaillie par un monstre sanguinaire, elle n'aurait pas réagi autrement. Tout le monde se précipita. Le spectacle était irréel. Un buste carbonisé continuait à brûler sur le gril. Et en dessous, un short, deux jambes, des Nike, intacts.

II

Les rédacteurs de *La Provence* et de *La Marseillaise* s'en donnèrent à cœur joie dès le lendemain en première page de leurs éditions. Un capitaine des pompiers, plusieurs fois décoré pour avoir maîtrisé les pires incendies que la France ait connus, meurt en faisant griller des saucisses. Voilà matière à attiser les calembours journalistiques. « Un pompier s'éteint dans un barbecue ». « Feu le pompier ». Les pigistes avaient le beau rôle, je leur offrais sur un plateau des titres accrocheurs. Je ne déteste pas l'humour noir, mais je n'ai jamais trouvé rien de drôle dans le fait de se débarrasser d'un être humain. Je n'éprouve aucune jouissance, ni à le faire souffrir, ni à l'éliminer. C'est un passage obligé, sa disparition permet d'envisager un avenir plus serein, point final. Cela ne m'empêche pas de ressentir un pincement au cœur lorsqu'il quitte ce monde. Je dois avouer ne jamais avoir prémédité cette ironie du sort. Tristan Fabère n'est pas mort par le feu parce qu'il était pompier, mais parce que les éléments concordaient pour que, ainsi, personne ne suspecte autre chose qu'un accident. Il eût été dompteur, cela n'aurait rien changé. Et si, au lieu d'aimer les grillades avec ferveur, il avait été passionné de parachutisme, il aurait fallu réfléchir à un scénario qui prenne des airs de crash accidentel. Surtout pas de sabotage.

J'améliore le monde qui m'entoure, je le fais sérieusement, méticuleusement. Pas avec cynisme ou légèreté, au contraire, cela me coûte. Je dois infailliblement être certain de la nécessité de l'entreprise. Je dois avoir la conviction que celui que je dirige vers l'au-delà laissera place à une vie meilleure dans l'ici-bas. Jamais de sacrifice inutile. Surtout pas d'erreur de jugement, la bévue est irréparable. Je sais guérir ou tuer, mais je n'ai pas le pouvoir de ressusciter. Sans compter que pour mener à bien la mission dont je me sens investi, je dois tout calculer, anticiper, ne rien laisser au hasard. La moindre faute d'inattention, la moindre suspicion, au-delà d'éventuellement me condamner, risquerait d'interrompre le processus d'assainissement dans lequel je suis engagé.

Pour le coup, j'avais mené la partie finement. La compagnie du commissaire Manuel Murat (MM pour les intimes), du notaire et de son épouse le jour du drame suffisait à me disculper. Leurs témoignages validaient à cent pour cent la thèse du coup du sort, imprévisible et inévitable. La réaction de Framboise ignorant tout de ce qui allait survenir était criante de vérité. Elle n'avait pas eu à simuler le choc. Personne ne peut hurler comme elle le fit en jouant la comédie. L'effroi, le vrai, se traduit parfois par un silence alarmant. Parfois par des beuglements insupportables, à la limite du déchirement, aux frontières de la démence. Ensuite elle avait suffoqué longtemps, jusqu'à ce que je lui administre 1 mg de Lorazepam. Grâce à l'anxiolytique, elle avait retrouvé son calme petit à petit. Depuis, nous étions tous regroupés autour d'elle pour la soutenir dans ce moment difficile.

Mais quand son regard croisait le mien, ses yeux posaient la question que sa bouche n'osait formuler. « Étais-je pour quelque chose dans la disparition du tortionnaire qu'elle avait pourtant aimé et dont j'étais le seul à connaître les travers ? » Je lui répondais d'un sourire qui ne veut rien dire et que l'on peut autant interpréter comme un aveu que comme une simple marque de compassion. Son sixième sens l'alertait sur ma possible culpabilité. Son cœur l'incitait au rapprochement. J'ignorais lequel des deux l'emporterait et sa capacité à cohabiter avec la vérité. Pour cette raison, je me jurai de ne jamais la lui révéler. Quoi qu'il en soit, nous gardions nos distances. De manière tacite nous nous entendions pour qu'à aucun moment notre idylle secrète ne soit percée à jour. Seul moyen de lui laisser une chance de perdurer. Coup du destin ou pas, je présumais qu'elle ne voudrait pas, elle non plus, gâcher l'occasion qui se profilait de pouvoir bientôt vivre au grand jour une relation initialement condamnée à l'ombre. Que l'on puisse soupçonner que nous étions préalablement amants aurait ruiné tout espoir d'avenir paisible, préservé des défiances et du commérage.

L'instinct de l'homme étant ce qu'il est, j'observais le manège du commissaire Murat. Bien que marié, il profitait de l'occasion pour offrir à Framboise une protection plus rapprochée que nécessaire. Des tas d'attentions que le capitaine Fabère n'aurait pas tolérées de son vivant. Des gestes que MM s'empressait de prodiguer quand sa femme était absente ou dès qu'elle avait le dos tourné. Je dois admettre que l'épreuve traversée par la récente veuve avait ajouté une sévérité envoûtante à sa beauté hors normes. Phénomène qui la rendait doublement désirable et me demandait des efforts surhumains pour maintenir un certain écart. Je m'interdis la première nuit, puis la suivante de la rejoindre ou de l'inviter chez moi. Le matin des funérailles, elle m'informa discrètement, lors du transfert du corps, de la morgue au corbillard, de la péripétie déplaisante qui lui avait été imposée la veille.

— MM est passé me voir plutôt tard, hier soir.

Le commissaire s'était ensuite montré un peu trop pressant à vouloir la consoler, invoquant les vertus du massage et autres câlineries essentielles, selon lui, pour atténuer les douleurs psychologiques. Par miracle le curé, Fernand Chanterelle, avait sonné à ce moment-là. Il restait à régler les derniers détails de la messe d'adieu, ce qui évinçait, par là même, le prétendant inconvenant. Elle avait pensé être ainsi sauvée. Mais l'homme d'Église, à son tour, avait eu une conduite peu angélique qui ne laissait plus le moindre doute sur son hétérosexualité. Ni sur ses difficultés à respecter le vœu de chasteté. Célibataire, Framboise devenait un piège à loups. La solution ne pouvait être d'estourbir tous les prédateurs qui sortaient du bois et avaient le mauvais goût de la trouver attirante. La tâche aurait tourné au massacre de masse. Il me restait à me creuser les méninges pour établir un périmètre de sécurité pérenne, mais ne rien précipiter.

La cérémonie fut très émouvante. La présence du bataillon des marins pompiers de Marseille-Cassis-La Ciotat ajoutait à l'événement une solennité élevant l'émotion au rang officiel. J'en arrivais même à craindre de ressentir les affres du repentir. Il faut reconnaître que les discours prononcés lors des enterrements occultent consciencieusement les failles de celui qui s'en va. Pour ne valoriser que ses multiples qualités. Et s'il n'y en avait aucune, on s'arrange pour lui en inventer quelques-unes, en guise de cadeau de départ. Hypnotisé par le faste du protocole, je tombai dans cette hypocrisie et ne pus contenir mes larmes. On ne se résout que très rarement à laisser partir une crapule aux cris de « bon débarras ». Si l'on se met à écouter les éloges funèbres, on finit par regretter le défunt, serait-il le plus grand dégueulasse que la terre ait jamais porté. Ce pédophile avait su garder une âme d'enfant, ce dictateur était doué d'une autorité naturelle, il nourrissait des ambitions extraordinaires pour son pays, on saluait son sens aigu de l'ordre et du devoir bien fait... Je m'en voulais de vaciller comme un débutant. La technique, permettant d'éviter de sombrer dans l'inutile pathos, relevait pourtant d'un travail intérieur rudimentaire : faire l'impasse sur la mort du mort. Se concentrer uniquement sur ses abjections de vivant. Je me remémorai donc Tristan Fabère, cette force de la nature usant de son pouvoir physique pour contraindre Framboise à des accouplements dont elle ne voulait plus. Je visualisai ce coup de poing fracassant l'épaule de la fragile jeune femme afin qu'elle cède, qu'elle se soumette aux envies bestiales. J'entendis les mots orduriers qu'il lui soufflait à l'oreille pour l'humilier sans attirer l'attention des voisins, lui tordant le bras sous la menace de le lui casser, pour qu'elle se taise. Je laissai monter peu à peu l'horreur de ce quotidien égoïste et brutal jusqu'à ce qu'il vienne m'étouffer de colère. Et mes scrupules s'envolèrent. Surtout que Framboise, à quelques mètres de moi, était affolante dans sa robe de dentelle noire. J'imaginais qu'elle l'avait achetée pour me plaire. Elle irradiait. Était-ce dû à l'impression de libération qui devait certainement l'habiter ?

Je l'espérais. J'envisageais qu'elle ait pu choisir sa toilette dans le but de rendre notre secret encore plus sulfureux. Cette idée décuplait mes sentiments amoureux. L'hypothèse que son psychisme puisse la pousser à pimenter notre relation, y compris dans ce moment inapproprié, me bouleversait. Nous étions faits l'un pour l'autre, j'en étais persuadé. La tragédie qu'elle traversait était nécessaire, ne serait-ce que pour la lumière qu'elle faisait naître en moi. Une sorte de prière imprégnait tout mon être.

« Ne sois pas ingrat avec la nature. Rends-lui, dès que possible, l'être que tu viens de lui voler. »

À cet instant précis, guidé par la voix d'une inspiration divine, je sus qu'il me faudrait donner un enfant à Framboise. Elle méritait ce bonheur. Procréer serait notre réparation. À la fois un remplacement et un moyen de barrer la route aux irresponsables, à tous ces imbéciles qui se reproduisent sans réfléchir. Laisser le champ libre aux ratés ou aux parasites revenait à abandonner le monde à sa décadence annoncée. C'était absurde. Il nous faudrait des descendants aptes à poursuivre mon action le jour où j'aurais à mon tour rendu l'âme à celui qui me l'avait prêtée.

Sandrine ne me lâchait pas le bras. Encore très choquée, elle avait absolument tenu à être présente à l'église pour exorciser l'image du corps à moitié calciné dont elle ne parvenait à se détacher. Ensuite elle avait voulu accompagner le cortège jusqu'au cimetière. À intervalles réguliers, elle se sentait le devoir de réconforter Framboise qu'elle connaissait pourtant à peine, lui déballant des litanies d'une platitude consternante. Maladresses que j'attribuais à sa fascination pour le répertoire de Julien Doré.

« Mais quelle tristesse, quel grand malheur ! Tu vas tenir le coup ? Si tu as besoin de moi ou de quoi que ce soit, je suis là bien sûr, tu peux m'appeler à toute heure du jour et de la nuit. La vie est injuste, vraiment… »

Sandrine était gentille pourtant, mais ses bonnes intentions sonnaient plus creux qu'une urne funéraire en aluminium. Ses paroles pompeuses, son déhanchement marqué, son ton exagérément affecté, sa tenue trop sophistiquée la rendaient aussi caricaturale qu'une actrice en deuil recrutée par Marc Dorcel. Plus appétissante qu'émouvante. Par manque de sobriété, elle ne traduisait pas comme elle l'aurait souhaité le chagrin sincère qui l'habitait. Sous le soleil de La Ciotat, sa sexualité débordante était encore exacerbée par la lumière joyeuse, la légère transpiration qui perlait au-dessus de ses lèvres. De l'échancrure de son décolleté, trop profond pour être respectueux, s'échappaient les effluves sucrés d'un parfum fleuri. Il aurait fallu du froid, des nuages, un ciel qui pleure comme à Paris et un imperméable à capuche pour tenter de mettre en scène une quelconque tristesse de Sandrine. Mais avec sa robe échancrée, ses formes généreuses, sa moiteur, impossible d'éteindre le souffle libidineux qu'elle faisait planer sur l'enterrement. Les hommes partageaient mon point de vue, leurs regards le démontraient. Au-delà de Sandrine, tout dans le décor évoquait le scénario douteux d'un film X. Les palmiers et le chant des cigales sembleront toujours incongrus lorsqu'il s'agit de verser des larmes. Pourtant, cette trivialité n'était pas pour me déplaire. J'allais m'en délecter puisque j'étais condamné à me tenir éloigné quelque temps encore de celle que je voulais mienne un jour. Pour toujours.

Le soir, après la réception sobre et en petit comité que Framboise avait organisée à la Villa Lou Jassy, j'emmenai Sandrine dîner sur le port. Je lui fis arpenter le quai, depuis la mairie jusqu'à l'entrée du chantier naval, afin que chacun, et le plus de monde possible, puisse jaser à son aise sur les nuits rocambolesques du docteur aux commandes d'un tel avion de chasse. Je misais sur une dizaine de petits malins qui avaient dû lâcher sur notre passage : « Elle est bonnarde, la meuf de Baunard », convaincus que ce trait d'esprit en était un.

Cette nuit-là, contrairement aux fois précédentes, je me surpris à ne pas prendre Sandrine, mais à lui faire l'amour. Je ne l'attachai donc pas. Nous avions commencé, dès notre première rencontre, par des jeux sadomaso. Internet, entre autres avantages, permet de gagner un temps précieux et de sélectionner des partenaires compatibles avec ses propres fantasmes et déviances. On évite l'étape des négociations, c'est plus commode. Par la suite, cela ne m'était jamais venu à l'idée que notre relation puisse prendre un autre tour. J'en disposais, elle se livrait avec confiance, goûtant aux délices de la docilité. Jouer permettait de garder une distance et d'échapper à la confusion des sentiments qu'implique malheureusement souvent l'acte sexuel. La corde que l'on serre est un rempart aux liens trop forts qui pourraient se nouer. Libérée de ses entraves, je découvris que ma partenaire s'appliquait aux caresses avec adresse. Elle prenait vraisemblablement un plaisir intense à la lasciveté nouvelle des gestes partagés dans un échange équitable. Je fermai alors les yeux et, par l'intermédiaire du corps de Sandrine, j'honorai Framboise. Il fallait se rendre à l'évidence : la récente veuve occupait tout mon esprit, seule mon enveloppe charnelle pouvait faire semblant d'aimer ailleurs. Personne ne peut savoir les méandres et les divagations qui animent la conscience d'un partenaire. Je ne causais donc aucun tort à Sandrine en pensant à une autre. Réciproquement, elle avait tout le loisir d'en faire autant. Comment de toute façon le lui interdire ? Pour bien vivre cette trahison, il suffisait de ne rien s'en dire, afin de ne pas écorcher les orgueils. Et permettre ainsi sans écueil aux âmes préservées de s'abandonner à la jouissance tout entière. Repus, nous nous endormîmes sans nous en rendre compte dans la tiédeur des draps souillés. En plein milieu de la nuit, le désir nous réveilla simultanément. Il nous fallut l'éteindre encore une fois avant d'être vaincus par le sommeil.

Au matin, quelque chose avait changé. Sandrine était plus présente, plus prévenante, plus attentionnée. Je m'activai énormément pour ne pas lui laisser l'occasion de se montrer aussi câline qu'elle le souhaitait. En descendant chercher les viennoiseries, j'étais préoccupé. Elle allait prendre trop de place. Poursuivre cette relation sans avenir aurait été d'un égoïsme écœurant et m'aurait forcé à la blesser davantage, plus tard.

— Bonjour, deux pains aux raisons… aux raisins, pardon, s'il vous plaît.

— Ça va bien, docteur ? La nuit fut courte, on dirait ?

Je n'avais pas perdu mon temps en me promenant sur le port hier soir, même la boulangère était au courant.

Une raison… Une raison recevable, voilà ce que je devais fomenter avant de remonter. La véritable raison aurait été suffisante. Je ne l'aimais pas. Mais pourquoi être si abrupt et la blesser ? Je n'avais rien à y gagner, bien au contraire. Cela ne m'a jamais dérangé de passer pour un salaud, j'accepte, sans me défiler, ce passage obligé qui clôt définitivement le débat. Mais «je ne t'aime pas», c'est une remise en question globale. La victime ignore si c'est son odeur, sa conversation, son physique, ses gestes qui ont déplu au point de couper court. «Je ne t'aime pas», ça détruit, ça rabaisse et laisse croire que l'on est au-dessous de ce que l'autre espérait. Alors que l'on est simplement à côté ou déphasé. Sandrine ne méritait pas une fin lapidaire et humiliante. J'étais capable de faire plus inventif et moins cruel. Quand je rentrai, l'odeur réconfortante du café chaud habitait l'appartement. La table était dressée. Elle avait enfilé ma chemise de la veille. Elle prenait ses aises, il ne fallait pas traîner. Je m'installai à côté d'elle. Un instant, ses atouts de tentatrice, ses seins tendus qui respiraient sous le tissu de mon propre vêtement me firent songer à différer ma décision et à goûter encore une fois la promesse enivrante de nos étreintes. Mais je me ressaisis. Et me bornai à lancer la machine.

— Sandrine!

— Oui, Vic?

Quelle idée de choisir ce moment précis pour m'appeler Vic? C'était la première fois. Sans le savoir, elle me facilitait la tâche. J'ai toujours détesté que l'on m'appelle Vic. Pourquoi pas bébé, ou chéri, ou poussin? Tous ces mots infantilisants qui sapent au fil du temps la virilité et la fougue des débuts.

— Sandrine, j'ai bien réfléchi et ça ne collera jamais entre nous.

— Ha! Ha! Ha! C'est quoi, ces conneries?

— Je te parle sérieusement. Tu crois aux signes du destin?

Elle se redressa, soudain inquiète.

— Écoute, la première fois que je te présente des amis, justement ce jour-là, comme par hasard, un drame se produit. Ça ne te semble pas ça bizarre ?

— Si tu plaisantes, ce n'est pas drôle !

— Tristan Fabère était pompier. Il est mort carbonisé et comment tu t'appelles ?

— Je ne vois pas le rapport.

— Sandrine. Cendres... ine. Tu le vois maintenant, le rapport ?

— Quel con, mais quel gros con ! De quoi tu m'accuses, en fait ?

— Oh ! Non, je ne t'accuse de rien. Je te dis simplement que des forces supérieures sont opposées à notre union.

Je m'étais rapproché d'elle pour la réconforter après cette annonce à laquelle elle ne s'attendait pas. Elle se dégagea, enleva ma chemise sans prendre la peine de la déboutonner et me la jeta au visage.

— T'as rien trouvé d'autre ? Salaud, mais quel salaud !

Le mot était lâché. J'étais le salaud, c'était bon.

Elle ramassa ses affaires, s'habilla à la hâte en pleurant et se dirigea vers l'entrée.

— Je n'y peux rien. J'ai le pressentiment que le malheur s'abattra sur nous si nous poursuivons notre...

— Ta gueule, connard, salaud !

La porte claqua, étouffant la dernière syllabe de son prénom, comme pour me donner raison.

— Salut, Sandre...

III

Durant les quinze jours qui suivirent, Framboise vint à trois ou quatre reprises, pas plus, me rejoindre discrètement au cabinet. Nos rendez-vous avaient lieu aux alentours de 13 h 30 lors de ma demi-heure de pause qui débordait fatalement sur les horaires de consultations. Il fallait pourtant rester très vigilant. Ses mésaventures avaient fait grand bruit et focalisaient les attentions. Elle se dépêtrait seule dans les imbroglios juridiques inhérents à tous les décès. Et devait entre autres problèmes déménager car la villa de fonction précédemment allouée au capitaine Fabère serait bientôt occupée par son remplaçant. Je craignis, quand elle m'exposa toutes les complications auxquelles elle était confrontée, qu'elle ne regrettât la situation dans laquelle mon initiative la catapultait. Je m'en serais senti bassement coupable. Mais elle me rassura par son empressement à faire l'amour, révélant chaque fois davantage une forme de liberté nouvelle qui me conforta dans le fait que ce serait elle et aucune autre.

— Tu sais, c'est étrange. Je devrais être triste et pourtant je me sens soulagée.

Elle guettait la moindre de mes réactions. Son ton bienveillant se voulait une porte ouverte aux confidences. Était-il possible que je sois le héros caché de son affranchissement ? Une part de moi avait envie de lui crier que j'étais son sauveur. Sur le moment, cela aurait certainement été délicieux. Mais à long terme la vérité nous pénalisait tous les deux. Elle la rendait redevable et moi vulnérable. Sa main bienveillante posée sur ma joue m'encourageait à parler autant qu'elle mesurait mon état comme un détecteur de mensonges. Je ne sourcillai pas.

— En tant que médecin, je ne devrais pas dire cela, car je suis censé être pragmatique et cartésien. Mais je suis persuadé que c'est « le Ciel » qui l'a puni.

Elle me regarda droit dans les yeux pour chercher à y découvrir si j'étais ce Ciel. Puis m'embrassa.

— Avec la prime d'assurance, je crois que je vais m'acheter une petite maison à Ceyreste. J'en ai vu une avec un atelier d'artiste qui me plaît beaucoup. J'aime ce village. Et je voudrais me remettre à la sculpture aussi.

— Bonne idée. Tu pourras me mouler ton corps, que je l'ai toujours près de moi ?

— Mon corps est à toi quand tu veux.

— Quand je veux, ce serait tout le temps. Et c'est impossible car il faut rester prudents.

— Pourquoi ? Nous n'avons rien à nous reprocher, il me semble.

Voilà qu'elle recommençait à me fixer intensément. Combien de temps faudrait-il subir ses petits tests et passer les exercices de contrôle qu'elle initiait ? Je ne voulais à aucun prix risquer de la perdre. L'enjeu me permettait de maîtriser mes émotions aussi sereinement qu'un moine Shaolin. J'étais illisible.

— Tu sais, en province, ça jase. Tu serais la veuve joyeuse. Et moi le traître qui profite de la mort de son ami pour lui voler sa femme…

— Tu as raison. Mais je n'en peux plus de MM. Il me persécute. Après le pompier, c'est un flic que j'ai sur le dos. Et pourtant je te jure que le prestige de l'uniforme…

— Comment ça ?

— Murat passe sans cesse à la maison, pour un oui, pour un non. Il est tactile, libidineux… Il me dégoûte.

— Bon ! Écoute, je vais trouver un moyen pour arranger ça rapidement.

— Tu vas lui parler ?

— Je vais trouver un moyen, c'est tout.

Je la sentis inquiète de la tournure qu'allait prendre ma gestion du harcèlement policier. Elle descendit de la table d'auscultation, enfila sa culotte, réajusta sa robe. Sans un mot. Je remontai mon pantalon et la raccompagnai en passant devant la salle d'attente où languissaient déjà cinq autres patients, impatients.

— Au revoir, madame Fabère.

— Au revoir, docteur.

— Et surtout si les symptômes persistent vous n'hésitez pas à revenir me voir. C'est au tour de… ?

— C'est à moi !

— Ah ! Madame Vallejo. Si vous voulez bien me suivre.

Je terminai ma journée doublement épuisé. D'une part, d'avoir réalisé des diagnostics avec concentration, tout en demeurant le praticien aimable que ma clientèle appréciait. D'autre part, d'avoir bouillonné intérieurement, réfléchissant à la manière la plus efficace de régler le problème « commissaire Murat ». En dehors de sa propension à convoiter d'autres femmes que la sienne, dont celle que je me destinais, Manuel était un homme agréable. La sympathie que j'éprouvais pour lui ne suffisait cependant pas à m'accommoder longtemps de ses assiduités à l'égard de Framboise. Mais on ne se débarrasse pas d'un flic aussi facilement qu'on le voudrait. Surtout quand il décide d'adjoindre à ses devoirs quelques droits qu'il n'a pas. Il devient alors à la fois le pansement et la plaie. Dans ce cas, il est opportun de considérer autant l'allié précieux qui pourrait servir que l'ennemi surpuissant qu'il peut devenir. Les métiers de la police aiguisent le sens de la méfiance et développent la manie d'enquêter. Cela multiplie les risques. Premièrement, l'homicide peut se révéler plus compliqué que prévu. Deuxièmement, le pourcentage de chances d'être démasqué est largement accru. Il convient de bien réfléchir avant de prononcer la sentence finale. Quoi qu'il en soit, je ne pouvais pas laisser Framboise aux prises avec ce prédateur. Je devais l'empêcher de lui nuire.

J'avais beau retourner le problème dans tous les sens, aucun plan judicieux ne naissait dans mon esprit. Manuel Murat était monolithique, solide, équilibré. Comment le coincer, le désarçonner ? Deux jours plus tard, je décidai d'aller me baigner à la calanque du Mugel. Un décrochage était indispensable, car focalisé sur mon problème, je « buguais ». Je comptais sur la Méditerranée rafraîchie par le mistral des jours précédents pour reformater mon cerveau.

Alors que je sortais de l'eau après quelques brasses revigorantes, une dispute éclata sur la plage. Mon barbotage n'avait rien débloqué. Mais cette scène de ménage venait m'apporter la solution. Le jeune homme était irréel, un Apollon, une statue de chair et de muscles. Il attirait tous les regards, sans rien chercher à provoquer. Dans son attitude, tête baissée, il s'excusait inconsciemment de tant de grâce naturelle. Peine perdue, l'aura émanant de sa personne le dépassait et échappait à son contrôle. Il devenait malgré lui le centre d'attention. La jeune femme ne possédait aucun de ces atouts; elle n'était remarquable que dans la mesure où l'on se demandait quel prodige avait pu conduire le premier à succomber au manque de charme de la seconde. Durant l'altercation, il semblait manifeste que l'ensemble des spectateurs involontaires que nous étions considérait comme absurde qu'un homme si séduisant et si charismatique puisse se faire humilier de la sorte par une moitié aussi peu lucide de sa pitoyable insignifiance. D'un claquement de doigts, l'éphèbe aurait obtenu les faveurs de n'importe laquelle des bombasses alanguies sur les galets, des plus jolies naïades de La Ciotat, des plus belles miss et dauphines de la région Paca. C'est à demi-mot ce qui lui était reproché. Sa compagne étouffait de jalousie au lieu de bénir Cupidon d'avoir poussé un tel joyau dans ses bras si communs. Tandis qu'il se faisait hurler dessus, l'homme courba le dos, s'excusa, calma tant qu'il put la jeune femme, jusqu'à ce qu'elle daigne, d'un baiser, lui accorder le pardon pour une faute qu'il n'avait pas commise. Il était seulement victime d'un succès unanime qu'il ne calculait pas et dont elle l'accusait de jouer. Je m'interrogeai sur ce qui pouvait motiver cet être exceptionnellement avantagé par les dieux à tant d'efforts pour conserver un si maigre butin. Traduisait-il les attaques menées par sa compagne comme des preuves rassurantes qui garantissent d'être aimé par-dessus tout ? La souffrance qu'elle manifestait dans cette crise lui procurait-elle une forme de jouissance particulière, qu'aucune relation sereine ne peut atteindre ? Toujours est-il qu'au lieu de profiter des largesses que chacune aurait été disposée à lui accorder, il préférait se soumettre à cette maîtresse-là, attaché par un lien mystérieux qui lui convenait, alors qu'il paraissait inconcevable à nous tous. Par crainte de perdre cette geôlière ingrate, il était même prêt à supporter l'opprobre infondé et certainement récurrent.

C'est en analysant cette situation que me vint l'illumination. Le commissaire Murat, bien qu'assidu à courtiser Framboise, bombant le torse dès qu'il l'apercevait, masquait ses ardeurs en présence de sa femme. Si Hélène Murat risquait de le repérer, il modifiait son attitude presque imperceptiblement. Son regard fier s'abaissait, son port de tête de gallinacé dominant perdait de sa superbe. Inquiet, il ne cessait de chercher dans les yeux de son épouse la confirmation que tout allait bien. Hélène Murat parlait peu, riait parfois, s'habillait mal, ne se maquillait pas, mais contrôlait tout. Elle avait rangé sa féminité aux oubliettes, sa sexualité aussi probablement. D'une inflexion de voix, d'un battement de cils, elle télécommandait son mari. Pourquoi ? La question n'était pas là. Le talon d'Achille du commissaire résidait dans le lien ambigu qui l'attachait à son insipide épouse. Je m'en voulais du manque de lucidité qui m'avait empêché de comprendre cela plus tôt. Il se rêvait volage et libertin, mais avec la psychologie d'un fidèle toutou asservi à sa froide maîtresse.

Lorsque Framboise me téléphona le lendemain, la tactique de défense qui germait en moi depuis quelques jours venait d'éclore.

— Je n'en peux plus, Victor, il vient tous les soirs à la maison sans prévenir pour prendre l'apéritif.

— Écoute-moi bien. Ce soir, tu t'habilles hyper sexy pour l'accueillir. Sois très gentille avec lui. Et j'arriverai quand il faudra.

— Mais il est de plus en plus entreprenant, il va me…

— Tu as confiance en moi ?

— Oui, bien sûr.

— Alors ne crains rien. Fais ce que je te dis. Tu verras, tout se passera bien.

— Et je dois être gentille comment ?

— Pas trop non plus. Très heureuse de le voir, avenante.

Dès 18 heures, sans sonner, sans rien dire à Framboise, j'entrai Villa Lou Jassy. Je connaissais tout ici. Le petit mur facile à escalader, le trou dans la haie qui aurait dû être réparé depuis longtemps et, au fond, la cabane de jardin avec vue à 180° sur la propriété. Par la fenêtre de gauche, la porte principale, l'allée de graviers qui monte à la maison et la terrasse où nous avions l'habitude de déjeuner. Par l'autre fenêtre, la piscine et le sentier pavé qui y conduisait. Je m'installai là, équipé de mon appareil photo et de mon téléobjectif Nikon 200-500. Je vis Framboise sortir quelque temps plus tard, un roman dans une main, une citronnade dans l'autre, et se lover dans un des fauteuils sous la pergola. Concernant le côté sexy, elle avait outrepassé la consigne : une définition du mot « irrésistible » dans une robe insolente qui rend la nudité anecdotique. Ses cheveux mouillés s'accrochaient comme des tentacules à la peau ambrée de son dos, découvert jusqu'au creux des reins. Tandis qu'elle séchait sa blondeur aux derniers rayons du soleil et que la pieuvre qui lui dévorait les épaules se muait peu à peu en crinière, je sentis mon cœur s'emballer. Les parfums de ses moindres recoins me revenaient avec une telle précision que j'aurais pu soutenir qu'un courant d'air les menait de la terrasse où elle se tenait jusqu'à moi. Enflammé par la tension particulière due au fait de l'observer en cachette et la peur d'être découvert, je me serais caressé si le carillon n'avait retenti. Framboise se leva lentement, légèrement nerveuse. Après une profonde respiration, elle descendit, féline et sautillante, ouvrir la grille avec enthousiasme. Dès qu'elle aperçut le commissaire Murat, elle lui sauta au cou. Je shootai. Un peu déstabilisé, Manuel vérifia que personne dans la rue n'avait vu cette accolade très fougueuse, avant de refermer la porte rapidement. Framboise lui prit ensuite la main pour l'entraîner joyeusement vers la maison. Je shootai. Je l'entendis lui dire : « Je suis contente de te voir. » Puis elle s'assit à côté de lui dans le canapé après lui avoir servi un pastis. Il parlait bas, rigolait fort. Il posa sa main sur la cuisse de Framboise, elle mit sa main sur la sienne dans un geste dont on ignorait de loin s'il était destiné à freiner une ardeur ou à l'encourager. Je shootai.

Avant de sortir de la cabane, je fixai mon appareil sur le pied que j'avais apporté. Je cadrai la terrasse. Sans être vu, je me faufilai en sens inverse, par le trou dans la haie. J'attendis que la ruelle soit libre et j'escaladai le muret. Je le longeai ensuite jusqu'à la grille, où je carillonnai à mon tour. J'entendis Framboise crier avec empressement : « J'arrive », tandis que le commissaire la suppliait de ne pas lui échapper : « Non ! Non ! » Framboise m'ouvrit en me faisant les gros yeux, me murmurant, les dents serrées :

— J'ai eu peur. Si tu n'étais pas revenu maintenant, il me violait !

Je lui répondis volontairement à haute et intelligible voix :

— Moi aussi, ça me fait plaisir de te voir. Ah ! Manuel est là ? Quelle bonne surprise !

Je saluai le commissaire avec conviction, puis me dirigeai vers la desserte remplie de bouteilles d'alcool et de biscuits apéritifs. Faisant cela, je gardais une image précise du cadrage de l'appareil braqué sur nous. À l'endroit où j'étais, on devait voir un bout de mon bras, pas plus. J'appuyai dans la poche de mon pantalon sur le bouton du déclenchement à distance plusieurs fois. Je shootai à nouveau tandis que Framboise reprenait sa place aux côtés de Manuel. Celui-ci avait du mal à masquer sa déception de me voir ici et à cacher sa gêne d'y être surpris. Il fallait maintenant qu'il sente en moi le contraire d'un rival. J'allais lui donner le change :

— Bon, Framboise, je ne suis pas juste passé prendre l'apéro. Je viens, comme tu t'en doutes, t'apporter tes résultats d'analyse. Mais je ne sais pas si je peux en parler en présence de…

Elle comprit immédiatement.

— Oh, tu sais, Manuel est un véritable ami. Tu peux tout dire devant lui.

Je laissai le silence s'installer en incident. Le pauvre Murat se tortillait les doigts sans savoir où regarder. Framboise en profita pour me relancer avec la pointe d'un sourire que j'étais seul à deviner :

— Il y a un problème ? C'est grave ?

— Déjà, tu dois savoir qu'on a fait beaucoup de progrès dans ce domaine…

— Dis-moi la vérité ! Est-ce que c'est grave ?

— Je ne voulais pas t'en parler au téléphone…

Le malaise du visiteur ne fit que s'accentuer.

— Écoutez, je crois que je vais y aller, parce que là…

— Oui, c'est vrai, Manuel, comme ce sont des problèmes plutôt liés à l'intimité, même si vous êtes très proches, c'est un peu délicat de…

— Non, mais pas de soucis, je comprends très bien.

— À moins que vous ne soyez amants – bien entendu je ne vous juge pas –, auquel cas il faudrait impérativement que vous suiviez le même traitement…

— Pas du tout ! Pas du tout ! De toute façon, il fallait que j'y aille, j'étais juste passé prendre des nouvelles, comme ça…

Le commissaire Murat, penaud, filait comme un lapin effarouché. La maladie, l'éventuelle contagion, il pensait échapper au pire. Alors que le pire l'attendait.

IV

Dès que nous fûmes seuls, Framboise se détendit. Elle venait de raccompagner l'importun et vint s'asseoir en face de moi, me dévorant des yeux. Elle laissa tomber une bretelle de sa robe, découvrant un sein, comme une promesse. J'appuyai à nouveau sur le déclencheur dans la poche de mon pantalon. Souvenir personnel. Elle me fixait avec un grand sourire.

— Tu es très, très malin. Je me demande si je ne devrais pas me méfier un peu de toi ?

— Si ! Tu devrais même te méfier beaucoup. Parce que je te trouve extrêmement désirable.

— Malgré ma maladie intime ?

— Tu ne m'en veux pas de t'avoir fait passer pour une pestiférée ?

— Ça dépend. Tu penses qu'il va me laisser tranquille maintenant ?

— Je te promets qu'il n'approchera plus jamais.

— Mais toi ? Tu m'approcheras encore ?

Elle fit glisser la seconde bretelle de sa robe, s'agenouilla sur le sol pour ramper jusqu'à moi. Elle s'engagea entre mes jambes, frottant sa tête sur mon sexe telle une chatte. Je sentais la chaleur de ses seins fermes contre mes cuisses, son souffle brûlant pénétrer au travers de mes vêtements. Je shootai. Elle ouvrit ma braguette, inonda mon phallus de sa salive bouillante, onctueuse, lubrifiante. Sans autre préliminaire, elle écarta son string minimal et m'enfourcha pour me faire plonger au creux du plus accueillant des volcans. Je shootai. Elle se cramponnait à moi, cambrant les reins, oscillant d'arrière en avant avec l'agilité d'une danseuse, la frénésie d'un animal. Elle cherchait à s'enfoncer de toutes ses forces et à me faire jouir au plus profond. Dans cette communion parfaite, cette promenade aux frontières irréelles de la sensualité, plus rien n'existait, ni le danger d'être pris en flagrant délit, ni la raison, ni Dieu, ni la morale. Je shootai.

Ensuite, j'ignore combien de temps nous sommes restés emboîtés l'un dans l'autre, immobiles. L'obscurité totale nous avait enveloppés. Je n'avais pas faim, nous n'avions que soif. En silence, encore abasourdis par cette communion qui s'intensifiait à chaque « nouvelle fois », nous sirotâmes notre verre de Cassis. À la santé de la nuit, de nos vies réunies et de la fin annoncée des ennuis.

Après quoi, j'accompagnai Framboise dans sa chambre, et la regardai s'endormir. Alors qu'elle voguait vers le pays des songes, je lui susurrai la promesse de bientôt rester toutes nos nuits ensemble. Avant de quitter les lieux, je passai dans la cabane de jardin récupérer mon matériel photo et vérifier les clichés qu'il contenait. Je rentrai chez moi, comblé sur tous les points.

Le lendemain matin, réveillé aux aurores, je préparai l'enveloppe. Scalpel, masque, gants d'examen en vinyle afin de ne laisser aucune empreinte, je découpai les lettres d'un vieux magazine de la salle d'attente et je les assemblai puis les collai sur une feuille blanche.

Je t'avai bien dis qu'un jour
je te feré pailler, espaisse d'enculer

Un flic se fait tellement d'ennemis, par la force des choses. La vengeance des truands est une épée de Damoclès permanente. Combien de détenus de la prison des Baumettes devaient-ils leur incarcération à l'opiniâtreté de Manuel Murat ? Depuis dix ans qu'il officiait à La Ciotat, combien de canailles désœuvrées, enfermées entre quatre murs, avaient ruminé des jours et des nuits le moyen tordu de leurs représailles ? Manuel Murat, en grand professionnel, savait que les hostilités pouvaient se déclencher à tout moment. Avec tant d'adversaires motivés et incontestables, il était peu probable qu'il puisse suspecter que le coup viendrait de son entourage proche. Le commissaire était soumis à madame. Il allait en baver. Ne restait qu'à joindre au petit mot délicat deux clichés très équivoques de Manuel Murat en train de peloter Framboise. Et en prime une photo soigneusement recadrée où, à droite des deux « tourtereaux », en bordure de l'image, on apercevait l'amorce de mon bras. J'écrivis sur le pli l'adresse en capitales, de la main gauche :

HÉLÈNE MURAT
9 BLD BERTOLLUCI
13 600 LA CIOTAT

Puis, je partis pour une visite à domicile du côté de Fontsainte. Sur le chemin, je postai la missive empoisonnante.

Le résultat ne se fit pas attendre. Le surlendemain, MM m'appela, terrifié, me demandant de le recevoir en urgence. Il arriva quelques minutes plus tard dans un état d'anxiété invraisemblable, bousculant l'ordre de mes consultations.

— Victor, il faut que tu m'aides ! C'est la merde, Hélène veut me quitter.

— Pourtant ça avait l'air d'aller très bien entre vous.

— Regarde ce qu'elle a reçu ce matin !

Délicatement, il sortit de sa poche un foulard contenant mon enveloppe et mes splendides photos. Alors que je m'apprêtais à les saisir, il m'arrêta :

— Attends, ne touche à rien ! Tu n'as pas des gants ? Il y a peut-être des empreintes, je ne veux pas les gâcher.

— OK ! J'ai des gants pour ausculter. Ça irait ?

— Parfait ! Regarde, les salauds, ce qu'ils ont fait...

Je fis semblant de découvrir avec précaution les clichés que j'avais postés deux jours plus tôt :

— Ça va ! Y a rien de très grave.

— Tu plaisantes ! Tu connais pas Hélène ! En plus, avec les casseroles que j'ai déjà au cul, le moindre écart et c'est mort.

— J'avoue que ta main, là, sur la cuisse peut prêter un peu à confusion. Ha ! Ha !

— Non, mais ne rigole pas, Victor. Je suis amoureux de ma femme, moi. Et je ne veux pas qu'elle se barre avec les mômes.

— Elle ne va quand même pas partir pour ça...

— Si ! Demain matin.

— Ah bon ?

— Mais tu vas m'aider ! Il y a un détail qui me sauve. Tu ne remarques rien sur les photos ?

— Attends ! Non, je ne vois rien de particulier. Ah si ! Elle ne porte pas de soutien-gorge, je ne m'en étais pas aperçu l'autre jour, dis donc.

— Pas ça ! Mais y a rien d'autre qui te choque ?

— Pas vraiment.

— Putain, t'es pas fute-fute. C'est quoi là, à droite ?

— Je ne vois pas trop…

— Mais là, juste au bord !

— Ah ! Ouais, c'est drôle. On dirait mon bras. Oui, effectivement, c'est la manche de ma veste, je la reconnais. Mais on la voit à peine. C'est juste après que je suis arrivé ? C'est ça ?

— Exact ! Et c'est grâce à ça et grâce à toi que je vais m'en sortir.

— Comment ?

— J'ai raconté à Hélène que j'étais passé vous voir…

— Nous voir ?

— Et que c'est toi qui avais une relation avec Framboise.

— Ah, ben merci ! C'est agréable… Mais ce n'est pas vrai !

— Je le sais bien. Pourtant c'est quand même ce que tu vas raconter à ma femme pour me couvrir.

— Ah non, moi je ne peux pas faire ça !

Je sentis que le commissaire, qui avait déjà perdu son self-control devant mon incompétence d'observateur, paniquait désormais face à la pureté énervante qui m'interdisait le moindre mensonge, y compris pour le protéger. La sueur se mit à perler sur ses tempes. C'était délicieux ; j'en rajoutai :

— D'abord Framboise ne me plaît pas du tout, c'est une crevette. Élégante certes, mais une crevette. Et malade en plus.

— Je ne te demande pas qu'elle te plaise. Je te demande seulement de faire croire à ma femme que tu es avec elle.

— Ah oui, mais non ! Ce n'est pas crédible. Moi j'aime les pin-up genre Sandrine, vraiment girondes, quoi…

— Pour une fois, tu pourrais…

— Ta femme n'est pas idiote, elle va voir tout de suite que « la petite » n'est pas du tout mon style.

— Tu parles ! Elle ne va rien voir du tout. Hélène est persuadée qu'un homme peut aller avec n'importe quelle femme à partir du moment où… Tu vois ce que je veux dire…

— Mais quand bien même ! J'aurais l'air de quoi ? À peine Tristan enterré, j'en profite pour lui piquer Framboise. Non, c'est dégueulasse. Tu réalises ce qu'on va dire et penser de moi ?

— C'est de la comédie, uniquement de la comédie !

— Je suis médecin, Manuel, je ne suis pas comédien. Et puis franchement, le rôle n'est pas terrible.

— Mais c'est juste pour…

— J'ajoute que, de la part d'un policier, me demander un faux témoignage…

Manuel Murat devenait de plus en plus mal à l'aise. L'ours perdait de sa superbe, il s'affaissait sous mes yeux, s'effritait, rapetissait en direct comme dans un morphing, se muant peu à peu en rat pris au piège. Une larme naquit au point lacrymal de son œil gauche. Puis une autre, symétrique, à l'œil droit.

— Je ne sais pas si tu peux comprendre, Victor, mais sans Hélène je suis foutu.

— Mais non...

— Je te jure, elle est mon équilibre, un point fixe, un ancrage. Toute la journée, je ne vois que de la merde, des crimes, des crapules, de la violence, de la misère. Et elle est là à mes côtés, sereine, fidèle, depuis tant d'années. C'est mon amour, tu comprends ?

Il se mit alors à chialer sur mon épaule, sans retenue, une vraie mauviette. Je lui tapotais le dos pour le réconforter, comme l'on fait avec un enfant dont le rot est resté bloqué. Il parlait en geignant trop fort. Il me répétait en boucle que, si elle s'en allait, il ne s'en sortirait pas. Que ce serait trop dur, qu'une fois déjà elle avait failli ne pas revenir, alors il savait. Si elle le quittait à nouveau, ce serait pour toujours, il ne pourrait pas le supporter, allant jusqu'à me certifier qu'il se foutrait en l'air. Me suppliant de l'aider, de ne pas l'abandonner.

C'était donc à ça que ressemblait le justicier aguerri aux pires vicissitudes de l'être humain, le héros qui jouait les jolis cœurs, volage et décomplexé. Il avait en réalité la consistance d'un Chamallow sous une couche de vernis chocolaté, et encore, peu résistant et pas très épais. Une sorte de M&M'S de 80 kilos, qui s'écrase au premier choc ou fond au premier coup de chaud. Il croyait m'inspirer de la pitié, je ne ressentais qu'une forme d'antipathie misérable.

— OK, Calme-toi ! Les gens vont t'entendre depuis la salle d'attente.

— Y a que toi qui peux me sortir de là.

— D'accord, d'accord. Je vais réfléchir. Mais c'est vraiment pour te rendre service, car tu ne peux pas savoir à quel point cela me contrarie.

— Oh, merci ! Merci !

— Donne-moi le téléphone d'Hélène, je vais l'appeler.

— T'es gentil, t'es tellement gentil, je te revaudrai ça, je te jure… Tiens, je te le note là.

— Mais elle te plaît, Framboise, à toi ?

— Je croyais que oui, mais en fait j'aime ma femme plus que tout.

— OK, c'est bon ! Il faut que je bosse maintenant. Vas-y, on se retrouve ce soir !

— Ce soir ?

— Tu comprendras plus tard. Laisse-moi faire, allez, file.

Hélène Murat me laissa parler sans m'interrompre. Elle ponctuait parfois mon monologue de quelques discrets acquiescements et raclements de gorge, m'indiquant ainsi qu'elle ne perdait rien du discours.

— Chère Hélène, Manuel m'a raconté la situation épouvantable dans laquelle vous vous trouvez et croyez bien que ce n'est pas mon habitude de m'immiscer dans la vie privée de mon entourage, ni d'étaler la mienne. Mais il s'agit là de dissiper un incroyable malentendu qui me concerne au premier plan. Framboise et moi, je suis tellement confus de l'avouer, avons noué une relation amoureuse depuis la mort de Tristan. Nous avons conscience elle et moi que cela est bien trop rapide au regard de la décence, mais nous n'y pouvons rien. Pour cette raison, nous avons tenu à ce que cette liaison reste aussi discrète que possible, et chaste surtout. D'autant que Framboise est malade en ce moment, ce n'est pas trahir le secret professionnel que de le confier à une proche telle que vous. Manuel, au nom de l'amitié que je lui porte et de la confiance que je lui voue, était le seul au courant. Aussi, je peux vous assurer que, concernant votre mari, il s'agit d'une machination destinée à lui nuire. Le malfaisant qui vous a envoyé ces photos a guetté des gestes anodins d'affection et de rigolade pour les transformer en élans équivoques qui conduisent à une interprétation erronée de ces images. J'étais là, Manuel nous racontait, avec sa verve coutumière, des histoires survenues au commissariat, à grand renfort de détails rocambolesques. Ne vous laissez pas berner... Ce serait un fort mauvais présage pour la relation que nous entretenons, Framboise et moi. Je m'en voudrais désespérément de préserver notre secret au prix de votre séparation. Il ne faudrait pas que les clichés dénaturés et anonymes d'un revanchard soient à l'origine d'un gâchis énorme. Vous formez un couple rare avec Manuel. Si vous saviez comme il vous aime, vous et vos enfants ! Vous êtes son unique préoccupation. Et d'ailleurs, il met toute son énergie à retrouver celui ou celle qui a cherché à vous nuire. Rejoignez-nous donc ce soir à la villa. Nous célébrerons à cette occasion deux grands événements. Premièrement, l'officialisation des liens qui m'unissent à Framboise, même si elle tient encore à ne pas les afficher au grand jour, vous serez dans la confidence. Deuxièmement, la fin de cet imbroglio qui a failli vous conduire à une séparation injustifiée et qui aurait pu briser un bonheur conjugal et familial. Vers 19 h 30, cela vous convient ?

Hélène poussa un long soupir de soulagement, comme si elle avait retenu sa respiration durant toutes mes explications.

— Merci beaucoup, Victor. Si vous saviez à quel point… Je serai là. Nous serons là.

— Bien entendu, je n'ai rien dit à Framboise des photos prises chez elle. Je ne veux pas l'affoler et qu'elle se sente espionnée. Je sais que Manuel veille désormais à notre protection et je suis donc sur ce point totalement rassuré.

Je me contentai d'informer Framboise que monsieur et madame le commissaire passeraient prendre l'apéritif à la villa et qu'elle ne serait ensuite plus jamais importunée par MM. Sans rien lui révéler, cependant, de la machination qui l'en débarrassait.

Ce soir-là, un couple déchiré se raccommodait sous nos yeux. Hélène et Manuel, assommés par la peur d'un divorce inéluctable, n'avaient jamais paru aussi proches, un fil invisible les reliait, soudait leur union, la rendant plus solide qu'elle n'avait jamais été. Peut-être même allaient-ils refaire l'amour. Un jour. Tel était le résultat de ma bonté.

Avec discrétion, par une main qui effleurait l'épaule de Framboise, ou en débouchant les bouteilles sans attendre que la maîtresse de maison me l'ait demandé, en invitant les convives à se servir de biscuits salés, je montrais que j'avais ici mes habitudes et une forme d'intimité. Hélène jubilait de deviner derrière chacun de mes gestes une attention amoureuse. Manuel s'émerveillait de mes talents cachés de comédien, m'abreuvant de clins d'œil complices.

Il ne fallut que quelques jours avant que le maire, puis le prêtre ne viennent me féliciter. Ils étaient émerveillés du courage et de l'abnégation dont je faisais preuve en soutenant de manière platonique une jeune veuve à la fois éplorée et malade. Impossible de nier la félonie, Hélène divulguait assez largement le secret que je lui avais demandé de conserver précieusement. Le service que je lui avais rendu, et qui lui épargnait une douloureuse rupture, était récompensé de la sorte. Avec si peu d'élégance. C'était plus fort qu'elle. Elle apaisait ainsi la douleur que laissent les morsures de la jalousie. Claironner sur tous les toits ma relation avec Framboise éloignait le spectre des prétendues coucheries de son mari qu'elle avait imaginées sans difficulté. Chaque fois qu'elle me trahissait, elle auréolait son couple du sceau de la Sainte Fidélité. Par déformation, je m'attendais à cette marque indélicate de reconnaissance. Mieux, je l'avais anticipée. On ne peut faire confiance à personne. Je suis bien placé pour le savoir.

V

Fernand Chanterelle était un prêtre très ouvert. Trop, aux dires de certains qui ne savaient pas tout. Davantage encore aux yeux de Dieu qui connaissait le détail. Cependant Framboise et moi allions entrer dans la légitimité avec sa bénédiction. Devant ses paroissiens attendris, il approuva à la fois notre union et la décence qui nous poussait à différer notre mariage pour ne point heurter les mémoires. La mort accidentelle du capitaine Fabère était, selon lui, un souvenir douloureux qui ne devait pas empêcher la vie de s'exprimer. Et que serait la vie sans amour ? Manuel Murat saluait ce retournement de situation, qui le disculpait officiellement. Avec beaucoup de finesse il se vantait même auprès de ma promise d'en être le grand inspirateur.

Ce fut un joli dimanche, d'autant que, l'après-midi, j'emmenai Framboise pour la première fois dans la maison que je venais d'acheter pour nous, en bordure de la calanque de Figuerolles. La villa était en chantier mais l'on devinait, malgré les travaux, qu'un paradis se dessinait : vue imprenable sur le bec de l'aigle et plus loin à l'horizon l'île verte, que dévoraient les larges baies vitrées.

Neuf mois plus tard naissait Gabriel, conçu ce jour-là au milieu des gravats et dans une jouissance extrême. Était-ce en raison du plaisir intense que nous avions eu à le concevoir que Gabriel se révéla un garçon d'une gentillesse et d'un calme hors du commun ? Certains enfants viennent au monde en déchirant tout sur leur passage, comme pour prévenir du désordre qu'ils vont semer dans les futures années. Gabriel se faufila avec délicatesse, sans abîmer sa maman, et poussa son premier cri en souriant. «Je ne serai pas un poids, je serai votre partenaire», avait-il l'air de dire en nous fixant droit dans les yeux, nous gratifiant d'un regard franc qui pourtant ne nous voyait pas encore. Dès les premiers jours il tint «parole», réclamant poliment des tétées qu'il s'évertua à espacer très vite, nous laissant profiter rapidement de nuits convenables.

Framboise était une compagne exceptionnelle. Chaque jour passé à ses côtés confirmait ma clairvoyance d'avoir œuvré comme il convenait pour qu'il en soit ainsi. Elle était à la fois présente et discrète, m'accordant une confiance totale, se montrant d'une liberté d'esprit sans égale. Elle était en toutes choses d'un appétit débordant, aimant à la folie les arts, l'amitié, la bombance, les plaisirs et le père que j'étais. Je tentais, comme je le pouvais, de me hisser à sa hauteur et de lui offrir la pareille. Cette émulation me rendait le plus heureux des hommes et me comblait. Je n'aimais pas Framboise parce que mes hormones me commandaient d'aimer quelqu'un. Je l'aimais parce qu'elle méritait que ce soit sans limites. D'ailleurs, plus je l'aimais, plus le fossé se creusait avec toutes les autres qui ne seraient jamais dignes de l'être autant.

À l'opposé de Framboise, il y avait Ghislaine Louby, la femme du maire. Puante. Aussi rêche que la sécheresse vaginale dont elle se plaignait en consultation. Plus je la voyais manigancer, manipuler son bonhomme, plus son existence me semblait inutile ; pire, dévastatrice. Les permis de construire accordés à des promoteurs sans scrupule se multipliaient à La Ciotat et aux alentours, systématiquement de son fait. Le maire, lui, n'était qu'un freluquet égocentrique à qui les honneurs dus à son rang suffisaient. Mais « Madame » en voulait toujours davantage, son surpoids en témoignait. Elle dominait son mari. La demeure des époux Louby ne cessait de se magnifier. Un mur d'enceinte en pierre remplaça la palissade, puis ils firent l'acquisition de la maison voisine pour agrandir la propriété, ils créèrent une piscine à débordement et une cuisine d'été, achetèrent une troisième voiture et se lancèrent dans l'extension du garage… Plus leur environnement s'embellissait, plus celui de la ville et des concitoyens se dégradait. Ghislaine Louby paradait dans des robes de plus en plus fleuries, de plus en plus voyantes, dont les prix exorbitants se mesuraient à la taille des garnitures. C'était comme si les roses et les hortensias des tissus qu'elle choisissait remerciaient la qualité du fumier sur lequel ils poussaient. La femme de l'élu ne pensait pas, elle compensait et contraignait son mari à accepter toutes les compromissions en échange d'enveloppes bien garnies. Le jardinier, la bonne, le pisciniste ne parvenaient plus à tenir leurs langues. Pour se venger des affronts et des bassesses qu'ils subissaient, le personnel de maison révélait à qui voulait bien les entendre les lubies de Madame, ainsi que les dépenses pléthoriques qu'elle engageait. Un vent poisseux de malversations financières soufflait sur la ville en même temps que le sirocco.

Mme Ghislaine Louby vint me consulter cette fois-ci pour des problèmes de reflux gastrique. Au passage, elle me signifia que, moyennant un petit quelque chose, elle pouvait m'aider à obtenir un cabinet plus spacieux que celui que je conservais rue des Poilus. Une adresse pourtant prédestinée la concernant. Sa pilosité, stimulée par des hormones déréglées en raison de son obésité, ne connaissait pas les frontières ordinaires. L'état psychologique de la patiente se situait à l'aune des dégradations physiques. Des traces d'*acanthosis nigricans* apparaissaient sous les aisselles, révélant un taux d'insuline bien trop élevé. Hypertension, insuffisance respiratoire, début d'arthrose. Combien de temps cette femme de 45 ans allait-elle encore tenir, surconsommer, tricher, contribuer à détruire l'environnement, nous gâcher le paysage et l'existence ? Depuis la naissance de Gabriel, j'aurais pu admettre qu'une mère soit capable d'excès indécents, que jamais rien ne soit assez grand, assez beau, jusqu'à l'ivresse, pour combler son enfant. Ghislaine Louby n'avait et n'aurait jamais d'enfant. Elle n'était qu'un furoncle qui se nourrissait sur la bête, sans rien apporter d'utile ou de joyeux à qui que ce soit en échange. Je l'auscultai, masquant ma répulsion par une gravité exagérée. Je lui demandai de se tourner, puis de se retourner. J'aurais aimé déceler chez elle la manifestation de l'humiliation que je croyais lui faire subir en lui infligeant les positions les plus dégradantes. J'espérais la punir ainsi, au moins un peu, de ses diverses méchancetés. Peine perdue. Elle exposait sa graisse sans le moindre soupçon de honte. Elle n'habitait pas le corps informe qu'elle me présentait. Sa corpulence construite gramme après gramme était une citadelle destinée à repousser les attirances. Un rempart imperméable aux émotions comme aux états d'âme. Son adipose sévère avait fini par étouffer son cœur.

Quand j'appris par un promoteur (qui m'était redevable de lui avoir sauvé la vie et les deux testicules, par la grâce d'un diagnostic précoce) que cette masse informe d'autolâtrie intriguait en faveur d'un projet immobilier d'envergure sur le terrain mitoyen du mien, mon dégoût se mua en haine. Comment osait-elle solliciter mes compétences au service de sa santé tout en projetant de nuire à mon bien-être ? Elle espérait donc que ma bonté aille jusqu'à travailler pour prolonger son existence, lui laissant ainsi le loisir de gâcher la mienne ? L'obsession du bénéfice avait éteint chez cette femme toute forme d'attention réciproque. Que faisait-elle de la loi humaine implicite qui voudrait que l'on prodiguât le bien à celui qui vous en fait ? Il convenait de mettre un terme à cette immoralité sans limites.

Trois jours plus tard, je remarquai que « La Louby » avait garé son SUV Audi rouge à dix mètres du portail de la maison. Je guettai le moment où elle allait venir récupérer son véhicule. Comme d'habitude en compagnie d'Armand Altounian, conseiller municipal et propriétaire de l'agence immobilière « L'Abeille ». Au nom d'intérêts communs plus que discutables, ils ne se lâchaient plus, Laurel et Hardy de la magouille de haut vol ! Je me pressai à leur rencontre :

— Madame Louby, monsieur Altounian, comment allez-vous ?

La gêne qui s'afficha sur leurs visages était à la mesure de l'entourloupe qu'ils préparaient. Pour la suite des événements, il était primordial de les rassurer :

— On m'a parlé du projet de quatre petits immeubles que vous comptiez construire ici…

— Mais nous…

— Bra-vo ! Enfin une initiative qui va dans le bon sens. On ne pouvait plus laisser cette maison à l'abandon à côté de chez moi. Les jeunes venaient fumer là en cachette…

— Nous prévoyons une résidence pour personnes en difficulté, vous êtes au courant ?

— Bien sûr ! Quelle jolie initiative ! Alors que souvent ce genre d'établissement est cantonné dans des quartiers peu engageants… Offrir une vue aussi exceptionnelle à des personnes défavorisées, c'est tellement charitable.

— C'est ironique ?

— Pas du tout ! Cela démontre une merveilleuse humanité de votre part.

— Cela nous rassure beaucoup que vous le preniez ainsi, hein, Armand ? Je vous avoue que nous appréhendions un peu votre réaction…

— Si je ne pensais pas avant tout au bonheur de mes semblables, comment pourrais-je exercer le sacerdoce qui est le mien ? D'abord autrui.

« Truie, truie, truie? » La fin de ma phrase résonnait dans ma tête tandis que mon interlocutrice commençait à se détendre ; les traits flasques de son visage s'affaissèrent encore davantage sous le coup du soulagement. Il me fallait continuer à présenter un air conciliant pour qu'ils ne se méfient de rien.

— Si c'est possible, Ghislaine, j'adorerais que vous me fassiez visiter le terrain et que vous me parliez du projet.

— Mais bien entendu, nous ferons cela à la première occasion ! répondit Armand Altounian en me tendant sa main moite, pressé qu'il était de me quitter et de cacher son embarras.

— Que diriez-vous de venir dîner à la maison mardi en huit ? Cela nous ferait très plaisir de vous recevoir, Framboise vous apprécie beaucoup, vous le savez...

Les deux escrocs acceptèrent l'invitation avec une politesse malhonnête. J'avais appris au fil de mon expérience professionnelle que l'on refuse rarement la table d'un médecin. Sans doute les braves gens imaginent-ils que cela pourrait leur porter malheur. Peut-être même déclencher une sale maladie. Superstition idiote, qui en a sans doute fait succomber plus d'un par empoisonnement ; tout médecin chevronné est aussi, en puissance, un criminel efficace et discret. Alors qu'ils s'éloignaient nonchalamment, je vis Armand Altounian se pencher vers sa monumentale complice. J'eus l'impression de saisir la phrase qu'il lui glissait à l'oreille et qui la fit pouffer :

— Il ne serait pas un peu con, pour un toubib ?

J'informai Framboise de leur venue prochaine et lui demandai de prévoir pour l'occasion le meilleur dîner qui soit. Mon admirable compagne ne dérogea pas à la discrétion dont elle faisait toujours preuve. Elle ne m'interrogea en aucune façon sur le motif qui me poussait soudain à me rapprocher de ces deux inconvenants, que j'appréciais hier encore si peu. Et qu'elle n'aimait pas tellement, non plus.

Il me fallut presque une nuit entière pour échafauder mon plan. Une seconde nuit pour accomplir mon ouvrage sur le terrain voisin. Framboise dormait de son sommeil de princesse insouciante, tandis que je creusais sans relâche, dopé par l'exaltation de me libérer prochainement du mal. Sans entraînement physique spécifique, chaque nouvelle pelletée semblait pourtant plus légère car elle me rapprochait de la délivrance. L'entreprise était périlleuse, je m'étais sanglé et encordé pour travailler au bord de la falaise. Parfois je dérapais, je glissais, je remontais. Je serais tombé vingt fois si je n'avais pris la précaution de m'harnacher. Avec pour seule complice une Lune à moitié impliquée, la tâche s'avérait moins simple que je ne l'avais anticipé. Il fallait pourtant agir à l'aveugle et en silence pour ne me faire remarquer de personne. Lorsque le trou fut suffisamment conséquent, je le recouvris d'une vieille porte en bois vermoulu qui traînait là depuis des années. En appui sur deux pierres instables, je vérifiai l'équilibre précaire de la porte. J'y avais au préalable fixé une rambarde ridicule, vissée à la va-vite, qui donnait à l'ensemble l'aspect d'un balcon de fortune, conçu par des enfants et surplombant la mer… et les rochers. Le piège était tendu.

Le mardi suivant, je surveillais la venue de mes coupables invités depuis la chambre du premier étage. À 20 h 32, je les vis arriver en voiture.

— Framboise, je descends à la cave. Je vais trier mes bouteilles et nous chercher un bon bordeaux.

— Tu n'en as pas pour trop longtemps ? Ils seront là bientôt.

— Un petit quart d'heure. De toute manière j'entendrai sonner, j'irai les accueillir…

Une fois parvenu au sous-sol, j'en ressortis dans la foulée par la trappe de l'ancienne soute à charbon, je traversai discrètement le jardin. J'attendis les convives au portail, protégé des regards par la haie de cyprès de Leyland. Il fallait à tout prix éviter qu'ils ne tirent la bobinette. Ghislaine Louby descendait de son véhicule garé un peu plus loin. À travers les feuillages je distinguai ses jambes éléphantesques se désincarcérant tant bien que mal de l'habitacle. Armand Altounian, chétif et content de lui, vint galamment prêter main faible au pachyderme. Je leur ouvris :

— Entrez, entrez !

— C'est joli chez vous, Victor, je n'étais jamais venue.

— Eh bien, je vais vous faire visiter si vous voulez...

— Oh ! Avec grand plaisir.

— Mais si, auparavant, pendant qu'il ne fait pas encore tout à fait nuit, vous me montriez sur le terrain d'à côté comment votre joli projet doit prendre forme ?

— Bien entendu... On ressort ?

— Non, pas du tout. Tenez, regardez, il y a un portail qui communique. On peut y accéder directement par chez moi.

La femme du maire et l'agent immobilier me suivirent, confiants. Alors que nous nous dirigions vers la maison abandonnée et qu'Armand Altounian me décrivait par le détail où s'élèverait le bâtiment A, le bâtiment B..., je m'approchai de la corniche, comme hypnotisé par le panorama. Ils m'emboîtèrent le pas.

— Oh ! C'est magnifique ! Allez donc regarder d'un peu plus près ce point de vue unique.

Je venais de sortir de la poche de ma veste une seringue que je pointais sur eux.

— C'est de l'acide sulfurique. Du vitriol, si vous préférez. Je vous conseille de m'obéir.

Pétrifiés, les yeux écarquillés, ils n'en revenaient pas. Deux statues. Pour leur prouver que je ne plaisantais pas, j'envoyai un jet du liquide dévastateur sur un cactus à côté d'eux. La plante se mit à fumer et à noircir instantanément, dans un crépitement inquiétant. L'effet se révéla assez persuasif. Interloqués, comme hypnotisés, ils avancèrent sagement vers la plate-forme de fortune que j'avais confectionnée et que je leur indiquais du regard. Ghislaine Louby avait peur, son teint soudain blafard ajoutait à sa laideur. Je parlai d'une voix calme et posée, en détachant bien les syllabes, avec une autorité naturelle qui me surprit moi-même :

— Reculez jusqu'au balcon.

— Mais…

— Reculez et contemplez le spectacle incomparable que vous ambitionniez de gâcher par vos constructions grossières, abominables, pour satisfaire votre soif intarissable d'argent.

— J'ai l'impression que ce promontoire n'est pas très solide.

— Montez dessus, dernier avertissement.

J'envoyai à nouveau un petit jet d'acide à leurs pieds, qui les fit reculer sur-le-champ, mais à petits pas prudents jusqu'à la porte branlante. À cet instant, Ghislaine Louby regretta le fardeau de son insatiable gloutonnerie, qui conduisait aujourd'hui le sol à plier sous son poids. Le frêle Armand Altounian ne masquait pas son exaspération de voir sa vie mise en péril par les appétits débordants de son embarrassante associée. Ils n'eurent pas le temps d'entamer une dispute sur ce point. Un coup de talon sur la cale que j'avais préalablement installée fit basculer l'ensemble déjà instable vers le vide, avec une facilité déconcertante. Exactement comme je l'avais calculé. J'étais déjà à dix pas quand un premier choc mat résonna, puis un second à peine moins conséquent, provenant des rochers en contrebas. Puis le fracas de la porte et d'un éboulement. Je regagnai la cave le plus vite possible. Framboise m'appelait :

— Victor ! Tu m'entends ? Qu'est-ce que tu fabriques ?

— Je n'arrive pas à me décider, ma chérie… À ton avis, bordeaux ou beaujolais ?

— Comme tu préfères. Moi, je vais coucher notre petit trésor.

J'étais remonté depuis dix minutes, j'avais débouché une de mes dernières bouteilles de Smith Haut Lafitte. Je carafai le divin breuvage sous le regard amusé de Framboise qui me reprochait implicitement de vouloir toujours faire le bonheur de tout le monde. Puis, les minutes s'égrenant, elle finit par se demander pourquoi ils n'étaient toujours pas là. Je simulai un agacement de circonstance :

— Ils auraient pu au moins avoir la délicatesse d'arriver avant que Gabriel soit au lit. Ils ne l'ont jamais vu.

— Mon chéri, tu es très fier de ton fils mais, tu sais, les enfants, ça n'intéresse pas forcément les gens…

— C'est quand même un manque de correction de leur part, tu ne trouves pas ?

— Il y a des choses plus graves dans la vie, tu le sais. Ne t'énerve pas pour ça !

— Dans ces cas-là, on passe un petit coup de fil. C'est la moindre des choses, non ?

— Laisse tomber, chéri !

VI

— Vingt minutes de retard, tu te rends compte ?

— C'est surtout dommage pour le gigot.

— Qu'est-ce qu'on fait ?

— Moi, en tout cas, j'arrête le four.

— Eh bien, moi, j'en ai marre, je les appelle… Allô, Ghislaine ? Oh ! Non, un répondeur…

Vous êtes sur le portable de Ghislaine Louby, veuillez laisser un…

Framboise passa à côté de moi et m'embrassa. Elle savait me parler en baisers. Elle venait de me dire du bout de ses lèvres pulpeuses et sans prononcer un mot, « reste calme et courtois, ton agacement ne les fera pas arriver plus tôt ».

Oui, bonsoir Ghislaine, c'est Victor Baunard. J'espère que vous n'avez pas oublié notre dîner, ce serait dommage, compte tenu de ce que Framboise nous a préparé… Écoutez, j'appelle Armand. Tenez-moi au courant si vous avez ce message.

Après avoir téléphoné à Armand Altounian qui ne répondit pas, lui non plus (le contraire m'aurait affolé), j'appelai le secrétariat du maire. Quelques vérifications plus tard, on m'assura que Ghislaine avait quitté son domicile depuis au moins quarante-cinq minutes et qu'on ne comprenait pas. Je demandai de ne pas prévenir Charles Louby. Il était inutile de le tracasser avec ce qui n'était certainement qu'un contretemps.

Le moment que j'appréhendais le plus était celui de la grande comédie. Et c'était maintenant. Comment jouer celui qui ignore ce qu'il sait et laisser croire que l'on espère ce qui n'adviendra pas ? Par bonheur, à l'inverse de ce que je craignais, je n'eus aucune difficulté à feindre l'inquiétude. Car elle était réelle, mais pour d'autres raisons. Elle résidait dans le fait de redouter que les deux salopards aient pu survivre à leur chute. Il fallait me servir de l'angoisse étouffante qui me gagnait pour laisser mes interlocuteurs l'interpréter comme la crainte qu'il se soit produit quelque chose de terrible. Au fond, c'était facile. En revanche, pourquoi mon esprit cartésien se laisse-t-il parfois aller à des peurs irrationnelles ? À quoi servait de visualiser mes deux cocos remontant du fond de leur trou, marchant tels des pantins désarticulés, deux zombies ensanglantés s'excusant du retard et s'installant à notre table ? C'était inutilement stressant et parfaitement improbable. J'enchaînais les allers-retours entre la grille et la maison, l'air désemparé.

— Je n'y comprends rien. La voiture de Ghislaine est garée dans la rue. J'espère qu'il ne leur est rien arrivé…

— Mon chéri, que veux-tu qu'il leur arrive ? Nous ne sommes pas à Los Angeles !

— Mais là, ce n'est pas normal ! On devrait avertir les flics !… J'appelle Manuel ?

— Lui, je n'ai jamais trop envie de le voir, tu sais…

— D'accord, mais en l'occurrence, c'est un cas de force majeure.

— Écoute, au lieu d'envisager le pire, imagine qu'ils soient allés se promener dans les calanques. Et qu'ils soient amants, par exemple…

— Oh, là, là. Tu crois que ce serait possible ? Elle et lui ?

— Pourquoi pas ? Astérix l'Arménien et Obélix travesti, joli couple.

— Ha ! Ha ! Mon amour, j'adore tout chez toi. Ton espièglerie, ton extravagance autant que ton cul…

— Écoute, Victor, on attend encore quinze minutes, et s'ils ne sont pas là, on appelle le commissariat.

— D'accord, laissons-leur une chance de s'aimer encore un quart d'heure.

Le temps passant, Framboise dut reconnaître que leur retard était anormal et admit qu'il convenait de prévenir la police. Mais quand le commissaire Murat arriva à la maison, il manifesta plus d'intérêt pour le dîner que ma tendre et douce avait mitonné que pour la recherche des disparus. Nous n'étions dupes, ni les uns, ni les autres ; chaque compliment qu'il adressait à la cuisine de Framboise révélait en réalité son appétit pour la cuisinière. La gourmandise dont il se targuait, sa faim aiguisée par la table exceptionnelle, sa curiosité excitée par les fumets, ses papilles en alerte, les saveurs qu'il augurait, tout ce qu'il décrivait n'exprimait que sa concupiscence. On peut se sevrer de l'addiction, on n'en guérit jamais. Avoir approché Framboise de si près, sans l'avoir eue, était une torture que je mesurais et qui le hanterait jusqu'au dernier soupir. Je le laissai volontiers profiter de cet instant. D'autant que tous ces préparatifs mettaient l'accent sur le fait que nous nous apprêtions bel et bien à recevoir Ghislaine Louby et Armand Altounian. Une heure plus tard, toujours aucune nouvelle de nos invités. Pendant que ses hommes investiguaient dans les environs, interrogeant le voisinage, inspectant l'Audi rouge, MM commençait à s'agiter sérieusement. Il allait et venait dans la rue, puis regagnait la maison, ressortait, téléphonait en tournant en rond dans le jardin, regardait à droite et à gauche. Il fouinait en quelque sorte. Vers 23 h 30, un policier en tenue entra sur la pointe des pieds dans le salon. Manuel Murat, focalisé sur l'écran de son mobile, envoyait des textos en rafales. Framboise et moi attendions, en silence, assis dans le canapé. Par superstition, personne n'avait encore osé toucher ni aux mets ni aux boissons disposés sur la table.

— Excusez-moi, patron. On trouve rien. Et là avec la nuit, c'est pas simple pour les recherches. On a appelé la brigade cynophile. Ils déboulent fissa.

— OK, prévenez-moi s'il y a du nouveau ! Dis-moi, Victor, ils devaient se pointer à quelle heure, tes invités ?

— À 20 h 30… Tu veux un verre de vin ? De toute façon, il est ouvert.

— Château Haut Lafitte, ça ne se refuse pas ! Et pourquoi tu ne nous as appelés que quarante-cinq minutes plus tard ?

— Ah ! Tu m'interroges comme un suspect. C'est sympathique…

— Non. Je ne trinque pas avec les suspects. À la tienne !… Alors ? Pourquoi ?

— Un quart d'heure où je ne me suis pas inquiété. Un quart d'heure où j'ai téléphoné à tout le monde. Je les ai appelés, eux, en attendant qu'ils me rappellent.

— Qu'ils te rappellent ?

— Ils étaient tous les deux sur répondeur ! Ensuite, j'ai appelé la mairie. Et puis je suis sorti pour voir s'ils arrivaient, et c'est là que j'ai découvert l'Audi rouge garée dans la rue. Voilà !

— Il manque un quart d'heure...

Je voyais à la mine satisfaite de Manuel que, tout en la niant, il envisageait l'hypothèse que je puisse être à l'origine de cette disparition. Non parce qu'il possédait le moindre indice l'autorisant à s'orienter vers cette éventualité. Mais parce que cela lui permettait de reprendre un pouvoir qu'il avait perdu depuis que je lui avais rendu service en sauvant son couple. Aider : faire un ingrat[1]. Il brillait devant Framboise, il reprenait l'ascendant. Peut-être même comptait-il la harceler en tête à tête à nouveau. Perspective aussi réjouissante qu'inespérée si, par extraordinaire, j'étais coupable de quoi que ce soit. Pourtant, c'est celle qu'il convoitait qui vint à ma rescousse :

— Le quart d'heure supplémentaire, c'est moi, Manuel. Car Victor voulait prévenir la police immédiatement. Je lui ai suggéré d'attendre un peu.

— Ah ? Et pourquoi donc ? Ça m'intéresse.

— Ghislaine et Armand passaient beaucoup de temps ensemble ces dernières semaines. J'ai songé qu'ils pouvaient être amants. Ce sont des choses qui arrivent, les relations extraconjugales, non ? La passion, les pulsions, l'amour, ces élans mystérieux, souvent incontrôlables,

1. Ambrose Bierce, *Le Dictionnaire du Diable*, J'ai lu, 2006.

font parfois emprunter des chemins sinueux, n'est-ce pas ? Qui peuvent conduire un couple illégitime à arriver en retard à un rendez-vous pour cause d'étreintes prolongées sur une plage, à la tombée de la nuit, par exemple. Tu ne crois pas ?... Et tu aurais voulu que nous prenions le risque de mettre au jour cet éventuel adultère en sachant les dégâts que cela aurait provoqués dans leurs familles et dans toute la ville ? Hein ?

Pendant le monologue de Framboise, Manuel n'avait cessé de rougir, de détourner les yeux, de s'essuyer la tempe droite nerveusement d'un revers de manche pour effacer la goutte de sueur qui naissait immuablement à cet endroit. Lui rappelant que lui-même, il y a peu, était passé à deux doigts d'une catastrophe similaire.

— Non, mais bien sûr, Framboise, je comprends et...

— Alors si tu comprends, au lieu d'employer ton petit ton insidieux de flic à la noix, au lieu d'avoir l'air de suspecter Victor de quelque chose et tu ne sais même pas de quoi, alors que c'est ton pote, simplement pour montrer que c'est toi le chef, au lieu de tout ça, rassure-nous en retrouvant rapidement nos amis, car nous sommes anxieux de ce qui a pu leur arriver.

— Excuse-moi... Tu as raison.

Manuel reposa son verre et se dirigea vers la porte d'entrée. Depuis le perron, il se mit à gueuler sur ses équipes, histoire de se laver du savon qu'il venait de recevoir. Chacun en prenait pour son grade. Manuel voulait que ça s'active et que l'on n'attende pas les chiens pour retrouver la trace des disparus, et plus vite que ça.

Je découvrais chez Framboise, jour après jour, des ressources insoupçonnées qui me donnaient de nouvelles raisons de l'adorer. Ce soir, elle venait de valider, s'il en était besoin, le bien-fondé de notre union. Je percevais qu'elle puisait dans notre confiance mutuelle une force qui lui avait manqué par le passé.

Il était environ 3 heures du matin. Framboise s'était assoupie devant le replay d'un de ces talk-shows interminables où de sombres écrivaillons sans succès promus chroniqueurs omniscients expliquent en chantres du bon goût ce qui est digne d'intérêt ou mérite le bûcher. Ainsi, des artistes, écrivains, réalisateurs, émérites et adulés, reçoivent des leçons sur ce qu'ils devraient faire s'ils avaient du talent, afin de connaître les mêmes échecs que ceux qui leur donnent la leçon. Un nouveau policier cogna à la porte avec une certaine retenue. Framboise dormait profondément, assommée par le somnifère télévisuel. Je la recouvris de son châle avant d'aller ouvrir.

— Désolé de vous déranger, docteur. Le commissaire Murat voudrait vous voir.

— Vous avez des nouvelles ?

— Oui, oui, on les a découverts.

— Ouf ! Enfin ! Ils vont bien ?

— Non, c'est même le contraire.

— Vite alors ! Où sont-ils ? Que puis-je faire pour eux ?

— Là, je crains que malheureusement plus personne ne puisse leur être d'un quelconque secours…

Manuel Murat m'attendait en bas de la falaise. Le policier qui m'accompagnait lui fit signe que j'étais au courant. Je les suivis à travers les rochers, il fallait escalader, accepter que le ricochet des vagues vienne tremper nos chaussures pour atteindre une minuscule crique. Là, au milieu du ballet des lampes torches, avait lieu le spectacle hideux.

— On n'a touché à rien, les chiens les ont retrouvés comme ça. Et on attend la police scientifique, me lança le policier pour s'excuser de m'imposer une vision aussi dégradante.

Ghislaine Louby et Armand Altounian étaient encastrés l'un dans l'autre dans une sorte de 69 macabre et démantibulé. Sans doute avaient-ils essayé de se retenir l'un à l'autre dans leur chute. La robe à fleurs de la femme du maire relevée jusqu'au nombril, la tête de l'agent immobilier plongée entre ses cuisses, le nez planté de manière obscène dans sa gigantesque culotte en dentelles blanche, au milieu d'une mare de sang. Une image tirée d'un genre méconnu : « le film pornographique d'horreur ». Manuel Murat préférait regarder vers la mer, alors que des crabes, déjà, se préparaient au plus gros festin de leur vie.

— Que s'est-il passé ?

— Apparemment, ils sont tombés.

— Merci, mais comment ?

— Ça, l'enquête le déterminera.

— Qu'est-ce qui a bien pu leur arriver ?

— Ça aussi, l'enquête le déterminera

Lors des investigations, en cherchant qui aurait eu intérêt à assassiner la femme du maire et l'agent immobilier, on découvrit toutes les malversations auxquelles ces deux complices se livraient. La presse locale ne manqua pas de relater par le détail leurs méthodes de voyous. Logiquement, la police suspecta d'abord plusieurs entrepreneurs qui avaient versé des pots-de-vin, puis des figures de la pègre qui avaient le bras plongé dans le pot de miel jusqu'au coude. C'est bientôt tout un réseau de trafics d'influence et de bénéfices illicites qui fut mis au jour, suivi de quelques incarcérations. Mais comme chacun avait un bon alibi concernant le soir fatidique, ils s'en sortirent à bon compte en n'étant finalement inquiétés que pour les affaires dans lesquelles ils trempaient. Et tous disculpés du meurtre. L'enquête conclut qu'il s'agissait effectivement d'un accident et que Mme G. Louby et M. A. Altounian avaient été bien imprudents de s'aventurer sur un balcon de fortune dont l'instabilité avait causé leur chute.

Éclairée par le scandale immobilier, leur disparition fut pleurée avec retenue. Les cérémonies d'adieu eurent lieu devant un parterre plutôt clairsemé. Sans aller jusqu'à parler de soulagement, certains estimaient que c'était le karma peu glorieux de ces deux individus qui les avait précipités prématurément dans le néant. Parfois je me prenais à fredonner sur un air de mon invention : « Le karma, c'est moi. » J'avoue que cela m'inspirait et me ravissait de savoir que mon intervention pouvait être interprétée comme un signe divin. D'autres concitoyens, moins bouddhiques et plus pragmatiques, ne cachaient pas leur enthousiasme et soulignaient que, désormais, l'avenir de La Ciotat se présentait sous de meilleurs auspices architecturaux et environnementaux. Ils n'avaient pas tort. Effectivement, Charles Louby mit un point d'honneur à reprendre en main sa fonction de maire. Débarrassé du poids encombrant de sa femme, il faisait preuve d'une probité exemplaire, entièrement dévolue à la ville, démontrant par-dessus le marché qu'il avait bon goût et le sens du vivre-ensemble. Il trouva dans cette quête le soutien sans faille de Mme veuve Altounian, qui osa s'épanouir dès la disparition de son mari véreux. Peu à peu, les forces conjointes des deux récents célibataires donnèrent naissance à de jolis projets qui n'auraient pu exister au temps de la magouille. Même Framboise, qui ne souhaitait jamais la mort des gens, remerciait le Ciel que la mésaventure ne soit arrivée à d'autres. Une semaine durant, ma colombe ne put s'empêcher de me répéter chaque soir : « Mais Victor, si l'éboulement n'avait pas eu lieu avec nos invités, ce serait peut-être Gabriel, en allant s'amuser sur le terrain voisin, qui se serait tué ! Je ne m'en serais jamais remise... Je m'en veux de penser cela, mais je me demande si, en fin de compte, nous n'avons pas eu de la chance ! » Bref, contrairement au trou dans lequel ils étaient tombés, la disparition des deux escrocs ne laissa pas un vide immense. Et je m'en félicitais.

Le projet de lotissements sociaux fut abandonné peu après. Le dossier comportait bien trop d'irrégularités pour qu'il pût être maintenu sans créer de lourdes polémiques. Charles Louby, soucieux désormais de rendre la vie des Ciotadens plus harmonieuse, lança une consultation de quartier dans le but de mieux connaître les besoins et les desiderata des habitants. Quelques mois plus tard, c'est une petite école maternelle ravissante qui fut édifiée juste à côté de notre maison. Une aubaine.

Mais la mort des deux salopards eut une conséquence plus inattendue. Manuel Murat, qui s'était éloigné de nous depuis l'histoire sulfureuse où il s'était compromis avec Framboise, se mit à me solliciter de nouveau. Il s'arrangeait d'une façon ou d'une autre pour me voir seul, en dehors de chez moi. Peut-être afin de ne pas réveiller d'anciennes blessures et risquer de mettre encore une fois son couple en danger. Peut-être parce qu'il cherchait un os à ronger, et qu'il reniflait quelque chose, comme un bon chien-chien de flic. Il passait me saluer à la consultation pour un rien, m'appelait quand un prévenu en garde à vue présentait des problèmes de santé, m'invitait à boire un verre le soir tard sur le port. Il avait très souvent des choses importantes à me dire, qui s'avéraient relativement anodines. Depuis la chute accidentelle de Ghislaine Louby et d'Armand Altounian, il n'était plus tout à fait le même avec moi. Je percevais depuis toujours, derrière son amitié de façade, une vive jalousie. Mais je ressentais également dans ses égards récents une forme d'admiration. Quand nous marchions côte à côte, il se redressait, affichant une certaine fierté de m'accompagner. Il ne conviait jamais personne à nous rejoindre à la table lorsque nous prenions l'apéritif, se contentant de saluer les gens de loin avec condescendance. Il tenait les autres à distance, recherchait le tête-à-tête et les confidences. J'avais l'impression d'être une vedette en compagnie de son garde du corps. Je le laissais faire sans brusquerie, lui accordant le temps qu'il voudrait pour dévoiler ce que cachaient ses attentions envahissantes. Quoi qu'il en soit et sans être dupe de cet engouement de circonstance, je préférais l'avoir sur le dos que dans les pattes. Au bout d'un mois de ce manège, après son troisième pastis du soir, il lâcha le morceau :

— En fait, toi, chaque fois qu'il y a un mort dans ton entourage, tu avances d'une case.

— Pardon ?

— Je disais seulement que le hasard fait bien les choses.

— C'est très drôle comme plaisanterie, mon cher Manuel. Un peu lugubre, toutefois.

Il ne m'échappait pas que l'instant était capital et que la moindre erreur pouvait me trahir. Je plantai mes yeux dans les siens avec le plus grand mépris dont je sois capable. Pas facile de déstabiliser un flic, surtout imbibé. Déjà qu'à jeun, la courtoisie n'est pas toujours leur fort. Sous couvert de me parler, il m'interrogeait. Je me levai et m'apprêtai à quitter la table face à tant de désobligeance. Il me tira par la manche pour que je reprenne ma place :

— Assieds-toi, Victor, et écoute-moi, plutôt. Le capitaine Fabère dérouillait Framboise régulièrement, tu le savais ?

— Et toi, comment le sais-tu ?

— Dans la police, on est au courant de plein de choses que l'on ne dit pas. Mais toi aussi en tant que médecin, tu avais dû constater qu'elle était battue, non ?

— Je suis sans doute un mauvais médecin, mais je ne l'avais pas vu. Elle ne m'en a parlé qu'après. Il n'y a pas si longtemps.

— Maintenant, elle est rayonnante et semble heureuse comme jamais avec toi. C'est ce qui compte, n'est-ce pas ?

— Oui ! Qu'elle soit heureuse, c'est la seule chose qui compte, effectivement… Où veux-tu en venir ?

— Les deux magouilleurs qui sont tombés dans le trou, tu sais ce qu'ils projetaient de construire à côté de chez toi ?

— Oui, mais ça m'allait très bien, la preuve : ils devaient dîner chez nous…

— Ça, ce n'est pas une preuve. C'est seulement un alibi. Surtout que ta maison aurait perdu, au bas mot, trente pour cent de sa valeur avec cette opération.

— Au contraire, j'estimais comme très charitable que des gens défavorisés…

— Écoute, Victor, l'Arménien et la grosse dondon, c'étaient des sous-merdes. Personne ne considère que ce soit une grosse perte… Tu ne penses pas que La Ciotat se porte mieux depuis qu'ils nous ont quittés ? Et l'école maternelle à côté de chez toi, c'est pas plus pratique, sans blague, hein ?

— Je désapprouve tes propos extrêmement cyniques. Et irrévérencieux à mon endroit.

— Les grands mots, tout de suite ! Baisse le niveau, monseigneur, je ne peux pas suivre, je suis juste flic…

Il rapprocha sa chaise de la mienne et me prit par l'épaule dans une accolade d'homme saoul, à la fraternité trop démonstrative.

— Non, je ne suis pas cynique. Je suis pragmatique. Tu vois, y a pas que toi qui connais des mots compliqués… Je veux seulement te dire que, si on pouvait régler d'autres problèmes, comme ça, vite fait et de façon aussi définitive, je t'avoue que souvent ça m'arrangerait.

— J'ai peur de comprendre…

— La multirécidive, tu sais ce que c'est ? Je te jure que moi, parfois, je tirerais dans le tas.

— Bon, écoute, Manuel, je crois que t'as trop bu.

— Oui, j'ai trop bu. Voilà pourquoi je dis ce que je te dis, exactement comme je le pense. D'habitude j'ose pas. Et surtout j'ai pas le droit.

— Allez, moi, j'y vais…

Je me levai pour de bon cette fois, après avoir déposé un billet de vingt euros sur la table. Il ne s'y opposa pas, contrairement à d'habitude. Il me laissa m'éloigner de quelques pas, puis me héla :

— Bonne nuit, Victor ! Et tu verras, on en reparlera.

VII

Mon esprit ne me laissait plus tranquille. Pour la première fois de mon existence, à 41 ans, il me fallait craindre d'avoir été démasqué. Envisager de ne plus être le seul à savoir qui je suis vraiment devenait une source d'inconfort psychologique profond. Je n'avais pas anticipé ce possible désagrément. Je m'étais toujours servi de la discrétion comme d'un déguisement fort efficace. Le personnage que je jouais au quotidien me condamnait à étouffer mon égocentrisme, jusqu'à me faire croire que j'en étais dépourvu. Pourtant je réalisai, à l'aune des suspicions du commissaire Murat, qu'au fond je m'aimais, démesurément. Aussi narcissique qu'un superhéros. Être double, tout en étant l'unique détenteur de ce secret, me procurait un sentiment de supériorité que j'avais mal évalué. Je n'en prenais conscience qu'en perdant cet avantage. Accepter qu'une seule autre personne sache, quelle qu'elle fût, rompait le charme. Sans oublier que c'était courir le risque que tout le monde soit bientôt au courant. Autant je me trouvais de la noblesse en justicier de l'ombre, autant je méprisais le vocable d'assassin dont on ne manquerait pas de m'affubler si j'étais confondu. Il en va des pouvoirs comme des êtres chers, on ne mesure leur importance réelle que lorsqu'on en est privé. Ma force principale résidait dans ma capacité à me maintenir au-dessus de tout soupçon. Et là, soudain, le doute que j'avais fait naître chez MM m'empêchait de rester imprévisible. Me sachant surveillé, dans l'impossibilité d'agir sous le radar, je devenais vulnérable. On venait de me confisquer mon arme principale : l'incognito. Je ne parvenais pas à supporter la mort d'une partie de moi.

Je décidai donc de partir quelques jours en vacances dans les Alpes. Afin de prendre de la hauteur, au propre comme au figuré. Respirer le grand air aux côtés de Framboise et Gabriel me sauva. J'oxygénais autant mes poumons que ma tête, améliorant mon taux d'hématocrite de manière significative. Je vérifiai par la même occasion la théorie qui veut que se résoudre à l'inutile permet au cerveau de déverrouiller des synapses grippées par le stress. Glissant dans la poudreuse, je réalisai que après le yoga, le ski est sans doute l'activité qui permet d'approcher au plus près l'état de vide mental. Aucune étude en laboratoire n'a jamais étayé cette théorie, bien que le moniteur de ski en soit la plupart du temps une démonstration *in vivo*. Il y a peu d'équivalent à la vacuité du mouvement consistant à se faire hisser au sommet d'une pente afin de la redescendre aussitôt, puis de réitérer infatigablement l'opération durant des journées entières. Il faut saluer le génie des hommes de marketing qui ont su rendre la pratique de ce sport synonyme de « montagne ». À côté, les publicitaires en charge du littoral sont de petits guignols dont les compétences se situent en dessous du niveau de la mer. S'ils avaient le talent de leurs homologues d'altitude, les vacanciers en maillot de bain passeraient leurs journées à faire des longueurs de crawl dès que la température de l'eau dépasse les 20 degrés, au lieu de se prélasser sur le sable. Comment les montagnards parviennent-ils à convaincre, chaque hiver, tant de sédentaires patentés de l'absolue nécessité de venir ici tenter une fracture, une luxation, une entorse, un traumatisme crânien, une lésion musculo-tendineuse ? En famille ! Quinze jours à Noël, quinze jours en février, quinze jours à Pâques. Seul un gourou d'une intelligence hors du commun a pu concevoir une stratégie à ce point élaborée pour convertir tant de disciples. Les adeptes de la secte se saignent aux quatre veines, abandonnant dans la poudreuse le budget loisirs d'une année entière. Location chalet, matériel, forfaits... Tout cela sans mesurer à quel point ils augmentent statistiquement le pourcentage de risque d'accident grave, voire fatal. C'est à ce moment de mes réflexions, devant un vin chaud au Brev Bar, juste à la sortie des télécabines, que je me félicitai d'avoir choisi la posologie idéale pour que mon esprit se décontracte. Hors période de congés scolaires, pratiquement seul, face à la vallée qui me tendait les bras, je divaguais, emporté par des digressions aussi futiles qu'un slalom sur une piste verte. Oubliant même les raisons qui m'avaient poussé à venir ici. Je n'étais plus embrouillé, je redevenais libre. J'allais écrire une nouvelle page ; elle était encore blanche comme neige.

Avant cette escapade, je ne voyais qu'une unique issue relativement primaire. Supprimer Manuel Murat. Quelle bêtise. Il suffisait qu'il ait signalé au moindre confident ses inquiétudes me concernant et sa disparition m'accusait sur-le-champ.

Il existait une autre possibilité que je n'avais pas explorée, perturbé que j'étais de me sentir démasqué. J'avais interprété le comportement du commissaire à mon égard comme un stratagème destiné à me mettre en confiance pour me faire parler. Mais avait-il cherché à obtenir des aveux, ou avait-il été tout simplement direct et franc ? Jamais je n'avais considéré qu'il puisse penser réellement un tant soit peu ce qu'il m'avait dit. Et pourquoi pas ? … J'essayais de me remémorer ses mots :

« Je ne suis pas cynique. Je suis pragmatique… Si on pouvait régler d'autres problèmes aussi définitivement, je peux te dire que ça m'arrangerait… »

Quand il s'agit de tuer, on devient inévitablement binaire. C'est oui ou non. Alors, je réfléchissais mal. Concernant les intentions de chacun, les choses sont beaucoup moins précises et définies. Je commettais une grossière erreur en reléguant Manuel Murat à sa fonction de commissaire. J'en faisais une caricature de flic, capable de quelques abus de pouvoir tout en restant par ailleurs humain et honnête. Pourtant, j'étais susceptible de me tromper. Pour le confirmer je me livrai à l'inventaire de tous ceux qui trahissent dans leurs actes la fonction qu'ils incarnent. Les juges partisans, les pompiers pyromanes, les soldats traîtres, les imams alcooliques, les agents secrets bavards, les professeurs incultes… Et moi-même, médecin. Toutes les phrases que Manuel m'avait sorties sur le port lors de notre dernière entrevue me revenaient en cascade :

« La multirécidive, c'est la plaie ! Je te jure que moi, parfois, je tirerais dans le tas ! Un meurtrier mort, ça ne fait pas pleurer grand monde. »

Bien entendu, il y a un fossé entre l'intention de se débarrasser d'un individu incommodant et le passage à l'acte. Les adultes mettent souvent tellement de distance entre leurs envies profondes et leur réalisation ! En grandissant, ils érigent des barrières, domptent leurs colères, apprivoisent leurs pulsions et finissent par s'empêcher de tout. Dieu merci, j'avais eu la chance de commencer à œuvrer très tôt, à l'âge où l'instinct ne nous incite pas encore à être soumis, où l'on n'a pas mis en place toutes les inhibitions qui mèneront à la bienséance, l'obéissance et la résignation. Même si le commissaire était incapable d'appliquer la méthode radicale qu'il avait évoquée, l'alcool aidant, peut-être sollicitait-il tout de même ma collaboration ? Peut-être me demandait-il implicitement d'oser ce qu'il ne parvenait pas à faire ? Hypothèse à vérifier. Je pouvais tenter cette alternative en décidant de l'épauler et d'exaucer ses vœux – sans révéler que j'étais la main heureuse du destin. Devenir le coup du sort qui transformerait ses espoirs en réalité. Et agissant ainsi, au pire, si le vent tournait, le faisceau convergent de victimes favorisant ses intérêts le désignerait comme premier coupable. Je saurais le moment venu faire en sorte que ceux à qui il avait éventuellement parlé de ses doutes me concernant soient persuadés que les accusations qu'il formulait ne servaient qu'à dissimuler sa propre implication.

Au moment où j'allais rechausser les skis, le vibreur de mon portable m'indiqua que je venais de recevoir un SMS. Et c'était justement Manuel Murat.

Bonjour, Victor. Rien de spécial. Je pense à toi.
Nos discussions me manquent. J'espère que tes vacances sont bénéfiques. Vas-tu bien ?

Je m'apprêtais à lui en vouloir de savoir que j'étais en vacances sans que je l'en aie informé, mais il n'avait pas eu besoin de diligenter une enquête approfondie pour être au courant. La remplaçante que j'avais choisie au cabinet était suffisamment époustouflante pour que les rendez-vous se multiplient et les langues se délient. Elle aurait poussé un immortel à consulter. Je répondis brièvement au message de MM afin de lui montrer que je ne coupais pas la relation. Mais que je n'avais pas oublié notre dernière entrevue.

Merci. Je revis.

Le soir même, j'étais un nouvel homme. L'inquiétude laissant place à l'enthousiasme, je me sentais presque impatient de tester ma nouvelle stratégie et de retrouver La Ciotat. Il nous restait encore une semaine de vacances. En attendant, je m'abandonnai donc au bonheur de voir ma compagne et mon fils si heureux. Pour le dîner, Framboise et moi rejoignîmes Hakim Ben Jemoud et Philippe Jourdain. Ces ex-copains de promo vivaient en couple et s'étaient établis à Chamonix. Leur cabinet ne désemplissait pas, grassement achalandé par les blessures diverses qu'offrent l'alpinisme, le parapente, la luge, le patinage, le snowboard, les randonnées et toutes les autres disciplines accidentogènes du cru. Ils gagnaient des fortunes. La montagne providence. Une de leurs petites voisines de 16 ans, Anna, s'occupait de garder Gabriel. Ce qui nous permit d'arroser sans retenue la fondue savoyarde de Chez Constant, le resto le plus régional de l'étape.

Durant le repas, mes camarades nous racontèrent l'histoire du mystère de la chambre 317. Dans cette chambre d'hôpital, tous les vendredis matin, le patient occupant le lit était retrouvé mort. On ne s'aperçut pas tout de suite de cette étrange coïncidence qui voulait que le drame se reproduise de manière identique, le même jour. Mais au bout de cinq décès en un peu plus d'un mois, la direction détermina que le taux de mortalité de la chambre en question dépassait les quotas. Un par semaine, cela faisait beaucoup. Réalisant alors que, par-dessus le marché, les décès survenaient systématiquement le vendredi, on s'accorda à juger le phénomène anormal. Certaines infirmières superstitieuses se mirent à refuser de prodiguer des soins dans la 317. Au lieu de prévenir la police, on misa sur un concours de circonstances peu probable, mais possible. La réputation de l'hôpital était en jeu, on préféra ne pas faire de vagues. Dans un premier temps, on demanda simplement à tout le service d'exercer une vigilance particulière, à la fois discrète et attentive. On fit des tests bactériologiques du linge, de l'air et des circuits de climatisation. Tous s'avérèrent négatifs. Pourtant, dans la quinzaine qui suivit, on constata un nouveau décès chaque vendredi matin dans cette satanée chambre 317. Sans que personne s'aperçoive de rien qui ne réponde au protocole réglementaire.

Hakim et Philippe nous tenaient en haleine, jouant le scénario comme s'ils avaient écrit et répété leur texte. Nous étions au spectacle. Parfois, ils faisaient une pause pour nous resservir un peu du merveilleux Meursault premier cru qu'ils avaient commandé. Nous en étions à la seconde bouteille. Mais Framboise, impatiente, les relança en quémandant la suite. Et ils reprirent la narration où ils l'avaient laissée : dépassée par le phénomène, la direction de l'hôpital dut se résoudre à prévenir le commissariat. L'enquêteur en charge du dossier commença par interroger tout le personnel, mais surtout fit ce que le bon sens aurait dû dicter à chacun. Il installa deux caméras dans la chambre incriminée. Le vendredi suivant, le policier eut en même temps une nouvelle victime sur les bras et la solution de l'énigme. Car tout avait été enregistré par son dispositif durant la nuit.

C'est à ce moment que la serveuse vint nous apporter la carte des desserts, nous pressant de choisir car les cuisines allaient bientôt fermer. Il y a un mystère qui dépasse à mon sens celui de la chambre 317, c'est la théorie qui veut qu'au restaurant le serveur vienne toujours vous interrompre au plus mauvais moment, pour demander si tout se passe correctement ou pour proposer la carte des desserts. Avides de connaître la suite du récit, nous commandâmes une tarte à la framboise sans perdre de temps à sourire de l'analogie.

L'histoire se poursuivait ainsi : ayant constaté ce nouveau décès dans la 317, le policier visionna les images. Ce qu'il découvrit n'avait jamais été envisagé par personne. La chambre 317 comportait deux prises électriques, dont une défectueuse. Le service de maintenance, débordé, n'avait pas estimé urgent de la réparer. La femme de ménage qui passait tous les vendredis vers 6 h 30 pour faire consciencieusement un nettoyage complet de la pièce, conformément aux consignes qui lui avaient été données, débranchait innocemment l'assistance respiratoire du malade pour brancher son aspirateur. Elle rebranchait ensuite l'appareil une fois son ouvrage terminé, restituant au CHU une chambre propre et un nouveau cadavre. Sans laisser aucune trace.

En sortant du dîner, je trouvai Framboise tourmentée. Elle me dit à quel point mes amis étaient drôles, intéressants, chaleureux. Mais ce n'étaient que des paroles de courtoisie. En plus de l'alcool qui la rendait toujours un brin nébuleuse, tout dans son attitude m'indiquait qu'autre chose la préoccupait. De retour au chalet, dès que la baby-sitter eut pris congé, Framboise me pria de lui servir un cognac et de venir m'asseoir à côté d'elle, près du feu.

— Tu te rends compte, mon chéri, de ce que cette femme a dû endurer ?

— Mais tu parles de qui ?

— De la femme de ménage de la 317. Tu te rends compte ?

— Tu penses encore à cette histoire ? ...

— Ça m'obsède ! La pauvre...

— Moi je pense surtout à ceux qu'elle a tués.

— Oh, toi, tu penses toujours aux malades. Mais vivre avec cette culpabilité...

— Moi, ma chérie, je préfère vivre en me sentant coupable que ne plus jamais goûter à tous les plaisirs que je partage avec toi.

Elle se serra contre moi, m'offrit sa bouche de manière à me faire comprendre qu'elle voulait que ça dérape. Elle glissa sa main dans l'entrebâillement de ma chemise, enfonçant ses longs doigts fins comme cinq serpents affectueux cherchant à se frayer un chemin dans la forêt dense des poils de ma poitrine. Je sombrai dans les vapeurs de son désir. Les courbes de son corps idéal, son parfum voluptueux, la douceur de ses caresses me promettaient un voyage divin. Soudain, elle s'arrêta net, planta son regard dans le mien :

— C'est sans doute la plus grande serial killeuse involontaire de tous les temps.

Tandis que je partais dans un éclat de rire, elle m'enfourcha de nouveau pour faire l'amour comme si notre dernière heure allait bientôt sonner.

VIII

De retour à La Ciotat, je repris mes activités, me vouant à mes patients avec le souci de me soustraire aux relances du commissaire Murat. Il inventait mille prétextes pour me voir, j'imaginais mille excuses pour l'éviter. Cela faisait partie de mon plan. Son insistance dura trois semaines ; je remplissais mon agenda de manière à n'avoir jamais une minute à lui accorder. Il lâcha prise. Alors qu'il m'avait harcelé quotidiennement dès mon retour de Chamonix, je n'eus plus aucune nouvelle de lui durant sept jours. Je pensais l'avoir perdu. Puis ce soir-là, vers 22 heures, je venais de terminer mes consultations et détachais mon vélo électrique pour rentrer enfin rejoindre Framboise, quand je découvris qu'il m'attendait sur le trottoir d'en face.

— C'est vrai que tu termines tard !

— Pourquoi ? Tu pensais que je te mentais ?

— Victor, il faut absolument que je te parle…

— Si c'est pour recommencer les sous-entendus de la dernière fois, ce n'est pas la peine.

— Non. C'est parce que je sais qui est le corbeau qui m'a pris en photo avec Framboise et les a balancées à ma femme…

Je me penchai et rattachai le cadenas sur la roue arrière, geste astucieux qui me permit de lui tourner le dos pour mieux cacher mon désarroi. Était-il possible qu'il m'ait démasqué ? Je me relevai et me forçai à regarder Manuel dans les yeux le plus naïvement possible :

— Ah bon ? Et qui est-ce ?

— Viens, marchons un peu.

Il m'entraîna vers les quais du nouveau port, toujours déserts à cette heure-là. Que me réservait cette promenade nocturne et pourquoi tenait-il tant à me conduire à l'écart ? Je prétextai devoir m'éloigner une minute afin de téléphoner à Framboise pour la prévenir de mon retard, et j'enclenchai discrètement le dictaphone de mon portable. On ne savait jamais, ça pouvait toujours servir. Mais mon appréhension se dissipa vite. À sa manière de me prendre le bras, je sus que je n'avais rien à craindre. Ses marques d'attention auraient été plutôt étonnantes s'il avait réellement découvert le véritable instigateur de la lettre anonyme. Ouf, il ignorait que c'était moi ; mais j'étais curieux de connaître l'identité de celui qu'il désignerait. Il se mit à me parler d'une voix détimbrée comme s'il risquait d'être entendu, surveillant en permanence les alentours, s'assurant que personne ne soit en train de nous observer. C'était lui qui tremblait. Pendant ce temps, l'enregistrement que j'avais initié se poursuivait, alors que ma peur, elle, était en pause. Il me raconta, avec l'autorité du fin limier qui a accumulé toutes les preuves, les conclusions de son enquête. Huit ans plus tôt, il avait fait coffrer un caïd des quartiers nord de Marseille, dealer de grande envergure. Une vermine sans foi ni loi devenue rappeur en prison. Après vérifications, l'intime conviction du commissaire était acquise. Lorsque les photos compromettantes avaient été prises, Abdel Farid avait bénéficié d'une permission de sortie de trois jours. Comme par hasard. L'homme ayant juré à Manuel Murat qu'il se vengerait, ayant plusieurs fois réitéré ses menaces devant les surveillants, cela ne faisait pas un pli. C'était lui. La racaille officiait désormais sous le nom de Prince Snake, mais ses activités discographiques ne l'avaient jamais empêché de continuer à diriger son réseau en sous-main en direct du centre pénitentiaire des Baumettes. Avec toutes les connexions qu'il possédait, ce bandit avait sans difficulté réussi à obtenir les informations qu'il voulait sur sa femme et lui. Tout collait.

Abdel Farid connaissait maintenant le grand air. Depuis les faits, son avocate ayant obtenu une libération anticipée pour bonne conduite, le lascar avait repris ses activités dans son fief. Prince Snake, adulé par ses fans, respecté par les voyous, craint par la bande qu'il dirigeait, paradait à l'heure qu'il était dans des voitures rutilantes, entouré de jeunes femmes dévouées. Non content de faire régner la terreur et de semer la désolation pour vendre à son profit tout ce qu'un toxicomane peut être un jour amené à consommer, il dégueulait par-dessus le marché en concert et sur les ondes un flow anti-flic. Au grand bonheur de la pègre des cités.

— Mais pourquoi me racontes-tu tout ça ?

— Parce que je veux le faire tomber à nouveau. Pour très longtemps !

— Bravo ! Et… ?

— Maintenant, il se méfie, ce sont les autres qui bossent pour lui. Devant un juge, il s'en sortira.

— Qu'est-ce que je peux y faire ?

— Même s'il retournait en prison, le trafic continuerait. Et moi, je ne me sentirais pas en sécurité.

— Tu n'as pas répondu à ma précédente question. Que puis-je y faire ?

— Je voudrais qu'il disparaisse.

Là, dans la pénombre, le commissaire avait guetté ma réaction. Et attendait ma réponse. À mots à peine couverts il me demandait de tuer. En prenant la précaution de me laisser faire la moitié du chemin dans l'interprétation. Que cherchait-il cette fois encore ? À me piéger ? Était-ce une proposition sérieuse ? Parce qu'il avait deviné ? Ou simplement parce que j'étais médecin et que je savais comment procéder ? Je compris immédiatement l'urgence qu'il y avait à le désarçonner.

— OK ! Combien ?

— Tu es d'accord ?

— Bien sûr ! Combien ?

— 5 000 euros ! Ça te va ?

— 20 000 ! C'est mon tarif.

— Pourquoi, tu as déjà... ?

— Écoute, Manuel, tu joues cartes sur table avec moi. Je joue cartes sur table avec toi. Je tue pour 20 000 euros, pas un centime de moins, c'est mon prix. Mais je ne laisse aucune trace.

Manuel Murat hésitait entre le soulagement et la panique. Il me regardait en inclinant la tête à gauche, puis à droite comme un joueur de billard quand il tente de définir l'effet qu'il faut imprimer à la boule pour obtenir la bonne trajectoire. Et il se décida :

— Alors voilà. J'ai une info, Prince Snake va venir passer un week-end à Cassis avec toute sa smala. Ils ont loué une villa de dingue dans trois semaines. C'est là que je vais le pincer. Il y aura forcément de quoi le faire tomber, sinon j'inventerai.

— D'accord, et après ?

— Je le place en garde à vue et c'est là que tu interviens discrètement. Je ne veux plus jamais entendre parler de lui.

— Tu veux que je fasse comment ?

— Ben, tu t'arranges, tu sais faire, tu m'as dit que…

— Et les 20 000 euros ?

— Je me débrouille, j'en fais mon affaire…

— Tu es sérieux, Manuel ? Moi, je suis médecin. Même pour 10 millions d'euros, je n'abrège pas les jours de quelqu'un. Tu regardes trop de films. Je soigne. C'est tout.

— Mais tu m'as dit que…

— Je voulais savoir jusqu'où tu irais, mais j'ai prêté serment et jamais je ne le trahirai. Je sauve la vie, même des salauds. Je ne suis ni un juge, ni Dieu… Ce sont eux seuls qui décident des condamnations.

— Mais merde, Victor ! Ce mec-là, c'est de la vermine. Il répand la mort. Il vend du crack à des pauvres gamines de 13 ans qui tapinent pour lui. Partout où il passe, il engendre le chaos. Il règne par la violence, il fait buter des mecs, il terrorise des milliers d'habitants ! Certains quartiers de Marseille sont devenus totalement invivables à cause de lui. Il finance des réseaux salafistes. C'est le diable ! Il est incurable. L'abattre, c'est la seule solution.

— Je comprends ce que tu dis, Manuel. Et je te jure que je n'en parlerai à personne. J'ai bien dit personne. Mais chacun son métier. Ce que tu me demandes ne fait pas partie de mes prérogatives. Je suis désolé.

— Donc tu ne vas pas m'aider ? Me conseiller ?

— Non !

Le commissaire était devenu tellement livide que son teint le rendait phosphorescent. La suprématie avait changé de camp. S'il avait cru un instant me tenir, c'était désormais moi qui le tenais. Il me raccompagna en silence jusqu'à mon cabinet. Tout au long du chemin, son cerveau chauffait si fort que je pouvais pratiquement en percevoir le bouillonnement. Désormais, s'il arrivait quoi que ce soit à Prince Snake, je connaissais le coupable. MM croyait être en passe de résoudre un problème et venait de s'en créer un supplémentaire. La nécessité d'éliminer son ennemi demeurait d'actualité. Sauf qu'il avait maintenant en plus dans les pattes un témoin gênant. Deux courants contraires provoquaient un court-circuit entre les synapses de mon interlocuteur. Devait-il tout de même, oui ou non, prendre le risque de passer à l'acte ? Arrivé devant mon vélo électrique, je tendis la main à MM. Il ne la saisit pas.

— Tu ne diras jamais rien. Promis ?

— Je resterai aussi fidèle au serment que je t'ai fait qu'à celui que j'ai prêté devant Hippocrate.

Cette dernière phrase, qui aurait dû l'affoler s'il avait su la vérité de mon engagement, sembla le rassurer. Je lui tendis à nouveau la main. Il se serra contre moi dans une accolade trop appuyée pour qu'il puisse penser qu'elle était réciproque. Je venais de m'assujettir un vassal. Vérification faite, tout ayant fonctionné à merveille, si ce brave Manuel ne restait pas à sa place, je possédais désormais l'enregistrement d'un coupable tout désigné. Pièce à conviction très utile en cas de problème.

Framboise était couchée quand j'arrivai à la maison. Elle m'avait préparé un dîner sur un plateau avec un mot aussi délicieux que le repas qui m'attendait.

« Je t'aime quand tu es près de moi, je t'aime quand tu n'es pas là, je t'aime toujours et en toutes circonstances. Avec toi à mes côtés, je me sens protégée et rassurée de vivre. »

Je m'installai dans mon bureau et commençai à manger devant l'ordinateur, un casque sur les oreilles. Je tapai Prince Snake dans le moteur de recherche. Un univers aussi caricatural que pathétique prit jour devant moi. Des clips faits de filles trop girondes en maillot de bain trop étriqué, de voitures trop voyantes, de chiens trop enragés, dans des villas trop saoudiennes, autour de piscines trop tout. L'ensemble agrémenté de propos infâmes scandés par des caïds trop tatoués, trop agressifs entourant un leader trop gesticulant balançant son flow trop indigeste, trop violent, trop incivil et trop anti-français pour respecter les règles de la langue qu'il balbutiait.

Le billet doux écrit par Framboise que j'avais posé sur le bureau affrontait l'un des textes de Prince Snake affiché à l'écran. Je passais de l'un à l'autre en me demandant comment un tel écart d'humanisme était possible. Au point de sombrer dans une migraine ophtalmique. Un claquage musculaire de l'esprit, une douleur viscérale. La tendresse de la plus belle et plus intelligente des amantes se confrontait à la bêtise sanguinaire du plus cupide des gangsters. Les mots de l'amour total, contre le discours de la haine viscérale, décérébrée. J'étais pris de nausée en pensant à mon fils, à son enfance si pure, à son avenir en péril, ses illusions bientôt détruites, sa naïveté compromise par tant de stupidité disponible d'un simple clic. Un libre-service de la médiocrité et de la barbarie à disposition des plus influençables d'entre nous.

Marseille, La Castellane
Viens pas me casser les couilles avec Zidane
Ici c'est nous gros les rois du micmac, mec
À la kalash, t'inquiète on défend notre beefsteak
Un flic qui se vide de son sang ça me réjouit la teub
Alors je vise toujours la tête au niveau du képi du keuf
Je préviens pas, je mitraille direct
Et je pisse sur son cadavre parole de Prince Snake
Je nique sa femme à la peau lisse
J'enfile mon zguègue dans la veuve et ça glisse…

STOP ! D'un grand coup incontrôlé, je tapai sur le clavier. Il fallait que ça s'arrête. 12 millions de vues. Qui regardait, qui écoutait, qui soutenait ? Ici, le logo d'une radio partenaire. Là, le nom d'un label de maison de disques. Sous la vidéo, une litanie de commentaires aussi dithyrambiques que désolants. Des milliers d'inepties coulant à flots dans une diarrhée verbale d'inculture et de vacuité. « Comment elle déchire té parole, vrai ! » « Putin, Snake, j'te kif tro frère, love ! » Peu à peu, je sentais que la haine déversée dans ce rap vomitoire changeait de camp. Elle m'infectait. Je voulais que cesse cette pollution de la pensée. Je voulais la musique pour adoucir les mœurs, pas pour prôner les meurtres, ni la sauvagerie, ni la loi du plus fort, ni la misogynie, ni pour brailler l'apologie du meilleur truand. Quelle humanité nous promettait cette logorrhée ? Comment des multinationales du disque, des groupes médiatiques puissants pouvaient-ils se rendre complices d'une telle pandémie, aussi dévastatrice pour notre civilisation, aussi nuisible à l'âme de nos enfants ? Pourquoi les promouvoir ? Pourquoi les diffuser ? L'abrutissement des masses faisait-il vraiment partie de leurs programmes de croissance ? Après la malbouffe, la malzique ? Bientôt, ce boomerang leur reviendrait en pleine poire. Comme les graisses saturées de l'industrie alimentaire contribuent à creuser le fossé financier de la Sécu à grands coups de complications cardio-vasculaires. Un jour, ce sont leurs têtes de dirigeants sans scrupule qui seront visées. Ils l'auront cherché. N'ont-ils aucune descendance, aucun amour de leur prochain pour encourager un tel dévoiement ? Le profit est-il si impérieux qu'il justifie de courir à sa perte ? À ce suicide collectif ? Je maudissais la chaîne des intérêts méprisables qui conduisent à soutenir l'existence de cette bouillie merdeuse. Les P-DG sortis des grandes écoles de commerce peuvent-ils ignorer qu'ils finiront par payer très cher ce qu'ils gagnent indignement ?

Je ne m'apaisai qu'au contact de Framboise. Je ne la réveillai pas, malgré ses dispositions à aimer que je le fasse. La regarder dormir, la sentir en confiance avec moi, chez nous, valait un orgasme. Elle se colla contre moi dans un demi-sommeil, ronronnant, calant ses reins contre mon ventre. Ma bite vint trouver sa place idéale dans l'écrin de son sillon interfessier, parfaitement adapté à mon anatomie. Je l'enlaçai, enfermant ses seins dans mes mains, elle adorait que je l'emprisonne ainsi. Dans cette position confinant au bonheur absolu, je retrouvai enfin ma quiétude. Ainsi je pouvais réfléchir calmement au moyen d'éclaircir l'horizon de Gabriel.

Débarrasser le parcours de ma progéniture de la fange qu'on répandait sur son chemin. Le guider sur la voie de la connaissance en lui épargnant de tomber dans les pièges de la facilité, de la bestialité. La solution m'apparut brièvement, mais clairement. Puis la fatigue prit le dessus et quelques secousses hypniques plus tard, je planai dans le stade N1 du repos.

IX

Deux jours plus tard, j'entrai au 59, avenue Victor-Giraud pour porter plainte. J'avais moi-même endommagé mon vélo électrique, il me fallait bien un prétexte pour venir au commissariat. Tout le monde me connaissait ici, j'intervenais assez souvent pour les problèmes de santé et bobos divers concernant tantôt les policiers, tantôt les gardés à vue. Mais pour tenter de mettre en place le plan que j'avais en tête, il me fallait quelques informations supplémentaires. Et si possible, introduire dans le lieu une sorte de cheval de Troie. Manuel Murat fut averti de ma présence en un clin d'œil. Je n'avais même pas eu le temps d'ouvrir l'exemplaire écorné de *Valeurs actuelles* qui traînait sur une table qu'il arriva. Je discernai sans peine qu'il redoutait ma trahison. À sa façon de me saluer avec une déférence inhabituelle et de faire en sorte que ma déposition soit enregistrée sur-le-champ, je compris qu'il tenait à ne jamais me donner le moindre prétexte de révéler ce qu'il m'avait confié en tête à tête sur les quais. Je passai donc devant tout le monde au motif que j'étais médecin. Amandine Del Bosso, gardienne de la paix de son état, occupait un minuscule bureau qui obligeait presque à l'intimité et qui sentait bon. Je me retrouvai donc assis face à cette jeune femme, qui de prime abord n'attirait pas l'attention. Certainement qu'en civil, sous un imper, elle pouvait paraître relativement commune. Idéal pour les filatures. Elle avait pourtant de jolis traits et surtout l'uniforme la révélait, soulignant des formes furieusement appétissantes. Le fluide passait entre nous, il était palpable. Je faisais ma déposition, elle notait. Nous échangions des regards qui s'interrogeaient sur le moyen de prolonger le moment que nous vivions, pas si loin l'un de l'autre. J'étais troublé par l'entrebâillement de sa chemise de fonctionnaire, dévoilant, outre la dentelle blanche et fine de son soutien-gorge, une poitrine ferme et opulente. Chaque inspiration sollicitait toute la force de maintien de sa boutonnière. Une partie importante de mon cortex orbito-frontal latéral n'était occupé qu'à guetter le moment où le barrage céderait, libérant les deux seins étouffés par ce corset. L'amour que je vouais à Framboise m'avait jusqu'alors protégé de la tentation. Mais pas délivré du mal. Le feu impur était toujours là, sommeillant, prêt à se réveiller à la moindre étincelle. S'y ajoutait une interrogation égocentrique qui ne m'avait plus titillé depuis des lustres. « Suis-je encore capable de séduire ? » Les doigts manucurés de la policière tapaient avec douceur et agilité sur le clavier, au rythme de ce que je lui racontais. Je ne pouvais m'empêcher d'envisager ce petit tapotis identique sur mon sexe et d'en ressentir une excitation grandissante. Lorsqu'elle se leva pour récupérer le document que venait de recracher l'imprimante, je remarquais que le pantalon d'uniforme qu'elle portait épousait ses formes avec impudeur, allant jusqu'à mouler son intimité de très près. Ce pli en disait à la fois trop et pas assez, éveillant la curiosité, attisant l'envie de vérifier que la réalité était conforme à la volupté que l'on pressentait. Pourtant dans la sexualité qui émanait d'elle, le naturel cru parvenait à tenir la vulgarité à distance. La moiteur de mes mains m'indiquait que j'étais harponné, ma virilité pulsait de manière apparente, me forçant au combat pour que la décence l'emporte sur l'instinct. Je repoussai, tout en m'en délectant, l'idée de la prendre sur le bureau comme un sauvage, sans son consentement. Comment se faisait-il qu'après tant d'années d'études, tant de consultations, tant d'inspections vaginales à titre professionnel ou privé, ma curiosité et mon appétence ne soient pas taries ? Mon penchant restait intact. L'esprit anéanti par la diffusion de testostérone, j'en oubliai la raison première qui m'avait poussé à venir ici. C'est en me voyant plonger entre ses cuisses pour m'abreuver à un puits abondant que la mémoire me revint. Il fallait qu'elle passe à table.

— Avez-vous le temps de déjeuner ?

— Non !

Guidé par la voracité de ma convoitise, je m'y prenais de travers, je le sentais bien. La maladresse amenant le ridicule, j'allais perdre pied. Par bonheur, la policière ne me laissa pas sombrer dans la gaucherie :

— C'est malheureux, mais non, je ne déjeune pratiquement jamais.

— C'est très mauvais pour la santé, parole de médecin !

— Le comble, c'est parce que en général je dois m'occuper du repas des gardés à vue…

— Vous faites la cuisine pour eux ?

— Quand même pas ! On va leur acheter des plats tout prêts. Des kebabs la plupart du temps.

— Chez Momo ? Moi, je vous aurais proposé mieux.

Elle me gratifia d'un sourire étincelant pour convenir qu'effectivement l'inviter à déjeuner Chez Momo aurait été un premier pas peu engageant au jeu de la séduction. Mais voilà, j'en arrivais au sujet qui justifiait ma présence ici. Mes hormones m'avaient aiguillé vers des chemins escarpés, cependant je savais désormais qui nourrissait les gardés à vue. J'avançais sérieusement.

— Vous êtes obligée de les nourrir ? Vous ne pouvez pas leur faire sauter un repas, pour me l'accorder à moi ?

— J'adorerais, mais c'est la loi. Deux repas chauds par jour. Sinon, ils peuvent faire casser la procédure.

— C'est donc la loi qui me prive du bonheur de faire bonne chère avec vous ?

— Oui... Et puis vous y gagnez, car je suis très gourmande.

— Je n'en doute pas.

Mon sous-entendu sans finesse soulignant sa phrase équivoque la fit rougir. Je n'étais pas mécontent de voir la gêne passer de son côté. Je me levai pour prendre congé et lui tendis la main. Je ne parvenais plus à la lâcher, elle ne tentait rien pour la retirer. Nous étions aimantés. Nous nous regardions avec intensité sans prononcer une parole. Nos deux souffles à l'unisson s'accouplaient. Elle baissa les yeux et, la situation ne pouvant se prolonger indéfiniment, elle articula sur un ton très protocolaire :

— Avant de me quitter, il faut signer votre déposition, là.

Avant de la quitter ? Mais pourquoi la quitter ? Je libérai sa main à regret et signai les deux exemplaires qu'elle me tendait. Elle en garda un, j'emportai l'autre. Je m'apprêtais à sortir, je venais de saisir la poignée de la porte, mais je me sentais incapable de l'abaisser. Ouvrir aurait officialisé notre séparation. Je demeurai ainsi quelques secondes, j'attendais que quelque chose se produise. Ce fut une phrase qui me fit me retourner et rester encore près d'elle quelques instants. Une phrase qui me sembla venue d'une planète inconnue :

— Vous savez, docteur, je connais votre femme, et elle est très belle…

— Appelez-moi Victor. Je préfère. Et je ne suis pas encore marié, malgré les apparences.

— Moi, si…

Oups ! Voilà. J'avais eu la sensation de ne pas déplaire, ce qui était déjà pas mal. Cette satisfaction me procurait un plaisir suffisant, sans frustration. Nous n'irions pas plus loin ; mais elle m'avait fait le cadeau de ne pas dissimuler une attraction réciproque. Je conservai donc précieusement le loisir d'extrapoler, de rêver, de fantasmer. Avec tout ce qu'elle m'avait déjà permis de vivre en secret, l'espace de ces quelques minutes à ses côtés, elle me comblait d'une autre manière. Alors je capitulai, acceptant sans amertume la défaite, me sachant, quoi qu'il arrive, vainqueur en amour par ailleurs, puisque attaché à Framboise plus qu'à n'importe qui. J'avais les infos que j'étais venu chercher. Mission accomplie.

— Si je déjeunais avec vous, tout La Ciotat serait au courant en une journée… Vous n'avez rien de plus discret à me proposer ?

J'eus soudain l'impression que le bureau entier subissait un violent virement de bord. Mes phalanges se crispèrent sur la poignée pour ne pas être emporté par la tempête intérieure qui me chavirait ; la respiration coupée, muet. La clarté féminine, sans ambages, éclatait.

Je savais au fond de moi qu'elle déciderait de tout, elle savait que je n'attendais que cela. Ce jeu délicieux qui l'intronisait «capitaine et maîtresse à bord» ne faisait qu'exacerber mon attirance. L'immoralité assumée d'une femme est un aphrodisiaque auquel je ne connais nul équivalent. La sensualité d'une voix, le catalyseur de cet aphrodisiaque. Je pris conscience que la vibration de son timbre m'ensorcelait. Elle devina mon trouble :

— J'appellerai votre cabinet pour prendre rendez-vous, s'il vous reste une petite place, cher docteur. Je crois qu'un bilan complet ne serait pas superflu.

Manuel Murat cogna deux coups rapides à la porte et l'ouvrit sans attendre d'y être invité. Je ne dus la survie de mon nez qu'à l'extrémité de ma chaussure qui bloqua l'ouverture à deux centimètres de mon arête nasale. Le commissaire, trop occupé par ce qu'il avait à me dire, ne remarqua pas l'ambiance concupiscente qu'il venait de refroidir.

— Ah! Victor, il faut que je te parle!

— J'arrive. Tu sais, Manuel, que tu as beaucoup de chance d'avoir dans ton service des officiers aussi professionnels et bienveillants que cette jeune personne. Merci infiniment, madame.

— C'est tout à fait normal. Au revoir, docteur.

Le commissaire m'entraîna alors dans son bureau, sans se douter que j'abandonnais derrière moi une obsession nouvelle. Il me pria de m'asseoir avant de refermer la porte.

— Voilà, c'est décidé. On va taper Prince Snake le week-end du 9.

— Tu m'excuseras, Manuel, tu crois que le taper, c'est la bonne solution?

— Oh, pardon ! C'est notre jargon. On va l'arrêter samedi dans deux semaines. On prépare une souricière... Enfin, un piège, quoi...
— Ça, j'avais compris. Mais pourquoi me reparles-tu de cette histoire ? Nous avons déjà eu une conversation à ce sujet.
— Non, mais là ce n'est pas pour les mêmes raisons. Ben... Voilà... Disons que c'est un peu risqué. J'ai réfléchi et j'en ai discuté avec mes gars. On aimerait bien que tu sois là pour assurer, en cas de pépin.
— Vous n'avez pas des flics médecins dans ces cas ?
— Si, mais c'est pas forcément le haut du panier, si tu vois ce que je veux dire. En plus, ils ne sont pas toujours dispos. Et puis j'ai confiance en toi.
— Tu sais, la violence, ce n'est pas trop mon truc...
— Je te revaudrai ça.
« Il me revaudrait ça » ? Cette vanité ! Les flics comme les politiques sont tellement certains de leur pouvoir qu'ils oublient qu'ils peuvent dégringoler d'une pichenette. Du jour au lendemain, passer de notable à mis en examen. Quel mauvais joueur de poker il aurait fait. Tomber amoureux de ses cartes, se penser imbattable avec un full au roi par les as, c'est l'erreur du débutant. On se persuade qu'on est le plus fort, on suit à tapis ; c'est à ce moment que l'adversaire étale son carré de sept et on se fait plumer. Comme un poulet.
— Je vais venir pour toi, Manuel. Mais ne te sens redevable de rien.
— Merci, t'es un vrai ami.

Deux semaines avaient passé. Chaque jour, j'écoutais le répondeur de la consultation en espérant y trouver un message d'Amandine Del Bosso et, chaque jour, j'étais déçu. Pas beaucoup, pas longtemps, trente secondes. Cette mini-frustration s'apparentait à celle que je vivais devant la pâtisserie « Le Moulin des calanques », quand je m'interdisais la religieuse au café qui m'invitait au péché. La sucrerie n'aurait été qu'un instant de gourmandise fugace faisant grimper mon taux de glycémie de manière soudaine, sans rien m'apporter d'indispensable en éléments nutritionnels. Il me fallait pourtant m'éloigner de la devanture d'environ deux cents mètres avant que l'envie de succomber s'estompe. Alors, seulement, je reprenais ma route serein, me félicitant d'avoir renoncé. Concernant Amandine Del Bosso, elle avait purement et simplement baissé le rideau métallique de notre relation. Impossible par conséquent de la convoiter, ne serait-ce qu'à travers sa vitrine. Elle me privait donc aussi du défi de résister. C'était, en l'occurrence, ce qui me contrariait le plus.

Il était à peine 5 heures. Le jour n'avait même pas encore songé à se lever. Comme je m'y étais engagé, j'étais présent ce samedi matin dans la voiture banalisée de Manuel Murat. C'est lui qui ouvrait le convoi. Je ne voulais rien rater du moment. D'autant qu'entre-temps, j'avais eu le loisir d'approfondir la biographie gratinée d'Abdel Farid. Le curriculum vitæ du rappeur donnait à son arrestation un avant-goût de jouissance tout particulier. Et les textes atroces que j'avais découverts et largement compulsés m'insufflaient l'envie de lui faire subir, par le menu, ce qu'il promettait aux autres.

Le commissaire n'avait pas lésiné sur les moyens : quatre fourgonnettes remplies d'hommes lourdement armés, casqués, cagoulés, protégés de la tête aux pieds, suivaient. La première épreuve ne fut pas celle que j'avais imaginée. La 305 Peugeot roulait à vive allure. Entre les nombreux virages, le parfum du sapin désodorisant Fresh Forest suspendu au rétroviseur, les effluves d'after-shave bon marché de ces messieurs, mélangés aux haleines matinales pâteuses tapissées de relents de mauvais café, l'habitacle du véhicule s'apparentait à une chambre de tortures olfactives. Les trente minutes de transfert se transformèrent en cauchemar interminable. À 5 h 30, le convoi s'immobilisa à l'entrée de la route des calanques. À 5 h 31, je vomissais dans le fossé. Ce qui ne m'empêcha pas d'entendre la réflexion d'un des hommes cagoulés :

— Si le docteur a besoin d'un docteur, on n'est pas dans la merde.

Je m'abstins de toute réflexion. Sa cagoule n'était pas sa seule protection, sa carrure suffisait. Je regagnai sagement ma place sur la banquette arrière. On m'informa que deux tireurs d'élite partaient en éclaireurs et que je devais me tenir prêt au cas où. Quelques minutes plus tard, le talkie-walkie crachouillait froidement :

— Chiens neutralisés.

— Ils ont tué les chiens ?

— Non, seringues somnifères hypodermiques au Carfentanil. Ils avaient de la chance d'être dans le jardin. Parfois, à l'intérieur, on n'a pas le choix.

Le style télégraphique que le commissaire utilisait pour me répondre racontait son état de tension. À 5 h 55, le convoi se remit en marche et s'arrêta à deux cents mètres d'une magnifique propriété très moderne comportant de grandes baies vitrées donnant sur une piscine à débordement, qui surplombait la mer. On me demanda de rester en retrait, tandis que les hommes en peloton silencieux continuaient leur progression. Ils descendirent la route des calanques jusqu'à la grille de la villa donnant sur l'arrière de la maison. De ma position dominante, j'étais Napoléon. J'allais assister à la bataille comme si elle avait été organisée pour moi. Au milieu de tous ces acteurs, j'en étais le seul spectateur. Dans le jardin, avec le jour qui pointait, je commençais à distinguer un peu mieux les choses. D'abord, les deux pitbulls inertes, les pattes écartées, le corps entier reposant dans l'herbe comme s'ils avaient été punaisés sur le sol. Deux molosses de combat, heureusement hors d'état de nuire. Puis sur le gazon somptueux entretenu au cordeau et à raison, certainement, de milliers de litres d'eau, de petites taches que je n'identifiai pas immédiatement, mais qui me rappelaient certains matchs de foot. Non, ce ne pouvait quand même pas être… Si, des canettes de bière, des bouteilles de Coca, de vodka, des emballages de burgers et de pizza, des verres en plastique. Et puis la balancelle défoncée, les fauteuils dans la piscine, les restes d'un feu de camp au milieu de la pelouse… Le propriétaire des lieux, qui avait pensé faire une bonne affaire en louant, sur Airbnb, aurait l'occasion de rédiger quelques remarques désobligeantes concernant ses hôtes sur le site. Un sale commentaire et zéro étoile, maigre vengeance. Surtout que, pour ne pas arranger les choses, les policiers, après avoir escaladé la grille et encerclé la maison, venaient de faire fonctionner leur bélier pneumatique. La porte d'entrée de la villa, pliée en deux, était désormais à remplacer. L'escadron pénétra dans l'habitation en hurlant si fort que, malgré ma position éloignée, je fus moi aussi pétrifié. Cela dura une minute peut-être, puis le silence s'installa. Quelques instants plus tard, un des fantômes masqués de noir sortit de la maison, enjambant la porte tombée au sol. Après avoir remonté la moitié du chemin à ma rencontre, d'un pas alourdi par le caparaçon qui l'entravait, il me fit signe de venir. Me tendit une cagoule.

— Vous allez bien, docteur ?

Ce n'était pas du tout la voix de mâle viril à laquelle je m'attendais, mais un timbre féminin suave. Celui que j'avais tellement espéré entendre sur ma messagerie :

— Je suis désolée pour le rendez-vous. J'ai eu un petit contretemps familial. Mais je ne vous avais pas oublié. Vous me suivez, on a besoin de vous en bas…

X

J'entrai dans une maison dévastée, aux allures de vestiges d'un récent bombardement. Dans un premier temps, je me demandai comment la police avait pu mettre à sac cette villa en si peu de temps. Puis je réalisai que ce désastre n'était pas l'œuvre des seules forces de l'ordre, mais celle d'un « cataclysme » préalable à leur intervention. Mégots de cigarettes écrasés sur les tapis, ordures jonchant le sol, verres d'alcool renversés, restes de nourriture, draps déchirés, oreillers éventrés... Et un peu partout les rebuts d'une junkie-party. Au milieu de liasses de billets, de la poudre blanche, des pailles, des seringues, des petites cuillères brûlées... Un couteau de combat était planté dans la tête de la marquise de Pompadour. Le tableau de maître du salon, lacéré à de multiples endroits, avait visiblement servi de cible d'entraînement au lancer. Sur le canapé, les armes à feu saisies étaient soigneusement alignées, tels des trophées, du plus petit au plus gros calibre.

Amandine me conduisit sous la véranda. Là, cinq hommes, les pieds entravés et les mains menottées dans le dos, étaient maintenus à terre, face contre sol, chacun surveillé par deux officiers. Sauf le plus récalcitrant de la bande, dont les gesticulations intempestives nécessitaient l'action conjointe de trois cerbères. Malgré le genou qui lui écrasait le visage, le rebelle ne cessait de jurer et de se débattre. La rotule de protection de la jambière du policier lui défonçait la mâchoire, muselant son acharnement à vouloir mordre. Ce qui ne l'empêchait pas de proférer un flot ininterrompu de menaces et d'insultes :

— Je vais tous vous crever, espèces de fils de pute ! Je vais niquer la race de vos mères, sur le Coran de La Mecque, bande d'enculés. Et je baiserai ta femme quand tu seras *dead*, espèce de bouffon, je lui ferai sucer ma bite en souvenir de toi…

Prince Snake était à la ville comme à l'écran. Il invitait à la même empathie. Dans un autre coin de la pièce, trois très jeunes filles, en culottes et tee-shirts, se tenaient blotties les unes contre les autres, l'air hagard. Elles semblaient flotter au-dessus de tout ce qui se passait, comme des otages, tellement habituées à la peur qu'elle les laissait indifférentes. À n'en pas douter, ces demoiselles à peine sorties de l'enfance planaient encore sous les effets des stupéfiants. Les tenues, plutôt déshabillées de chacun des interpellés, indiquaient qu'ils avaient été extirpés sinon du sommeil, au moins du lit. Le rappeur se mit à parler aux filles en arabe. Le genou du policier s'enfonça alors plus fortement contre son maxillaire pour le contraindre au silence. Je reconnus la voix de Manuel Murat s'adressant à un autre homme cagoulé :

— Qu'est-ce qu'il a dit ?

— Il a menacé les filles de tuer toute leur famille si elles parlaient.

— Tu le notes dans le procès-verbal ! Menaces de mort sur témoins.

Sans mot dire, Amandine m'entraîna dans l'immense cuisine qui jouxtait la véranda. Je remarquai d'abord la table en lave de volcan, la même exactement que celle que je voulais commander pour la maison. Mais je n'eus pas le loisir de me consacrer pleinement à ces considérations de décoration intérieure, car l'un des policiers, dont la jambe saignait, se tenait allongé sur la plaque vert d'eau. L'homme avait enlevé sa cagoule et transpirait à grosses gouttes. D'un signe de tête, je lui fis comprendre que j'avais bien vu et compris quel était son problème. J'ouvris ma sacoche, j'enfilai mes gants et, armé de mes ciseaux, je découpai son pantalon de treillis. La blessure était superficielle. La balle avait entaillé le muscle long péronier latéral, déchirant les chairs sans toucher d'os. Une piqûre antiseptique et une compresse plus tard, le guerrier partait, escorté par les pompiers, se faire recoudre à l'hôpital de La Timone.

— Merci, Victor. Heureusement que vous étiez là.

— Ce n'était rien. De la simple bobologie. Je pourrais voir les filles ?

— Les filles ? Coquin…

— Non, sérieusement. J'ai cru apercevoir quelque chose que j'aimerais vérifier.

Nous retournâmes sous la véranda. Les malfrats se faisaient embarquer sans broncher. Mis à part Prince Snake qui, maintenu par deux armoires à glace, plié en deux sous la contrainte, étranglé pour éviter qu'il ne se débatte, avançait, ridicule, condamné à une démarche maladroite d'autruche. Continuant cependant à injurier la Terre entière, tentant de cracher sur les hommes qui l'escortaient.

Je m'agenouillai près des filles restées presque sans surveillance. Leur état léthargique n'inspirait aucune crainte d'aucune tentative de quoi que ce soit. Mon approche ne provoqua chez elles aucune réaction ni de méfiance, ni de rien d'autre. Je pris le poignet de l'une d'entre elles, qui me l'abandonna comme une morte vivante. Son pouls était lent mais régulier. J'observai ses chevilles. Puis celles des autres demoiselles. Et me tournai vers la policière :

— Vous avez un appareil photo, ma chérie ?

— Comment m'avez-vous appelée ?

— Vous préférez que j'utilise votre vrai nom devant ces jeunes femmes ?

— Joli ! Je vais vous chercher ça, mon cœur... Mais pourquoi, au fait ?

— Elles ont été attachées. Il faut faire vite, sinon les marques vont s'estomper et les preuves avec.

Je continuai à ausculter les trois adolescentes qui se laissaient manipuler, totalement impassibles. Je constatai également des hématomes qui ne se distinguaient pas immédiatement sur leurs peaux mates. Alors que ma policière revenait, j'osai en sa présence et avec son aide soulever le tee-shirt de l'une, puis de l'autre, puis de la dernière. Les marques de brûlures qu'elles avaient toutes sur les seins étaient récentes. Les lésions cloquaient, elles avaient été causées par des cigarettes incandescentes, de manière incontestable. Je n'ignorais pas que certains jeux érotiques peuvent conduire à des extrémités inouïes. Mais ce n'étaient pas des jeux de leur âge. Les plaisirs interdits se recherchent plus tard, quand on a déjà essayé tout ce qui se fait de traditionnel. Quand on cherche à rebooster sa libido. Pas à 16 ans. Car il semblait évident qu'elles ne pouvaient guère avoir plus. Une fois les clichés réalisés, il fallut aider chacune à se rhabiller, leur état de catalepsie les rendant incapables de la moindre initiative. Peu à peu, j'entrai dans une rage folle. Ces mauvais traitements me rappelaient ceux subis par Framboise, qu'elle avait endurés tant d'années, en silence. Parvenant même, au prix de mensonges et de stratagèmes, à me les cacher à moi, son amant et médecin. Je haïssais cette force qui abusait des faiblesses et y puisait son plaisir. Plus je bouillonnais, plus mes idées se précisaient. Tant pis pour Victor Hugo, tant pis pour Robert Badinter. Bravo pour l'humanisme de ces deux théoriciens qui arbitraient l'ignominie, en déclarant qu'il convient de laisser aux pires d'entre nous la chance de devenir un jour meilleurs. Mais je m'inscrivais dans une autre réalité, moins philosophique, plus pragmatique, qui me conduisait à une conclusion différente. Une bête enragée, capable des agissements que je venais de découvrir, était irrécupérable et il fallait l'abattre. Son existence nous faisait courir, outre le risque immédiat, celui de la contagion par embrigadement. Or, dès que l'épidémie guette, sans états d'âme, il est indispensable d'éradiquer le microbe. Alors que personne ne m'observait, je subtilisai deux doses d'héroïne abandonnées sur une table basse, les petites cuillères noircies et les shooteuses laissant peu de doute sur la nature de la substance. Je glissai discrètement les boulettes d'aluminium dans la poche de ma veste, avec l'intuition qu'elles pourraient m'être utiles.

À la sortie de la villa, Manuel Murat me remercia d'avoir été là et de ma perspicacité au sujet du traitement infligé aux jeunes filles. Il était inquiet de leur état, il voulait bien entendu qu'elles soient examinées par les services gynécologiques compétents et que soient constatés les abus sexuels si, comme tout le laissait présager, ils avaient eu lieu. Mais, surtout, il désirait que je reste joignable durant la garde à vue, si jamais des complications survenaient. Avec les drogues, on ne savait jamais comment la descente pouvait tourner.

De retour au cabinet, je prévins Framboise que j'étais désolé pour notre week-end, mais qu'avec la pile de paperasse en retard, j'y passerai la fin de la matinée et certainement une partie de l'après-midi avant d'avoir tout régularisé. À 11 h 30, dès l'ouverture de Chez Momo, je m'installai au café L'Atlas juste en face du marchand de kebabs, en terrasse, profitant du soleil d'hiver. J'avais l'air de remplir mes documents administratifs. En réalité, j'attendais, espérant que ma stratégie serait payante. C'était mon unique fenêtre de tir.

Une heure plus tard, le destin me fit du pied. Je vis Amandine Del Bosso arriver à grands pas au bout de la rue. Je repliai mes affaires en vitesse et me dirigeai moi aussi vers la guérite, dont le fumet odorant servait d'appât jusqu'à plusieurs centaines de mètres à la ronde, en fonction des vents.

— Re-bonjour, doc, j'ai l'impression que les grands fauves vont se ravitailler au même endroit…

— Croiser une policière deux fois dans la journée ! Vous ne m'auriez pas mis sous surveillance par hasard ?

— Ha ! Ha ! Non, je vous préfère en homme libre. Même un peu libertin…

— Vous êtes contente, vous m'avez fait rougir !

Avec une galanterie exagérée eu égard à l'endroit, je priai Amandine de me précéder dans la boutique. Mais sa précommande conséquente réservée par téléphone n'étant pas tout à fait prête je passai la mienne.

— Un kebab poulet s'il te plaît, Momo.

— Le plus vite possible comme d'hab, toubib.

Il n'y avait guère que les Algériens et les Marocains pour m'appeler encore toubib. C'était un mot de chez eux, que j'aimais bien. Il avait des accents d'aventurier, de pays lointains, de Docteur Justice. Ma décision de venir Chez Momo régulièrement, depuis que la policière m'en avait parlé, rendait ma présence ici tout à fait ordinaire. Et le « comme d'hab » du patron, une sorte de sésame. Pour échapper à l'odeur prégnante du graillon, Amandine et moi sans nous concerter étions sortis attendre sur le trottoir, prenant même la précaution de nous éloigner un peu du pas-de-porte. Je raccrochai la conversation aux événements de la matinée, en restant volontairement évasif :

— Tout va bien ?

— C'est un peu chaud, comme vous pouvez l'imaginer.

— Les filles tiennent le coup ?

— Elles sont toujours complètement défoncées.

— Vous voulez que je vienne faire un tour ?

— De toute façon, vous n'y couperez pas. Les mecs vont forcément vouloir faire appel au médecin, puisque c'est leur droit. Et leurs droits, c'est notre galère.

Momo héla bientôt la policière, dont la commande était fin prête. Si les sacs n'avaient pas été estampillés « Momo Kebab », si la policière avait été habillée en tailleur, et si l'odeur s'échappant des boîtes en polystyrène n'avait été si prononcée, Amandine aurait pu ressembler à une riche cliente de l'avenue Montaigne ayant dévalisé les magasins un jour de soldes, tellement elle était chargée. Ça faisait beaucoup de « si » et j'en avais conscience. Mais elle me plaisait de plus en plus, alors j'aimais l'imaginer dans tous les rôles, j'en jouais, elle devenait ma poupée Barbie. « Barbie Kebab ». Un premier sac énorme pour les collègues de la PJ, un second pour les mecs de la Bac, le sac pour le commissaire et ses sbires, celui avec des salades pour les filles. Surtout celui des cinq racailles de ce matin, contenant cinq kebabs… que j'avais bien repéré et que je gardais l'œil.

— Si je dois passer au commissariat, autant que je vous file un coup de main. On ne sait jamais… Laissez-moi ces deux sacs-là. J'attends ma pitance et je vous rejoins.

— Vous feriez ça ?

— Pour vous, je ferais n'importe quoi.

— C'est gentil. Mais alors je patiente avec vous…

Je ne pouvais pas lui dire de s'en aller, pourtant c'est ce que j'aurais souhaité. Qu'elle me laisse faire ce que le devoir me dictait. L'adrénaline que je sécrétais dans cette situation de stress activait mes neurotransmetteurs bien plus intensément qu'à l'accoutumée. L'hormone me permit de trouver dans la fulgurance une solution de secours. Je récupérai le kebab poulet que je n'avais jamais eu l'intention de manger et j'accompagnai ma protectrice trop zélée sur le chemin du retour. À mi-parcours, je m'arrêtai. Je tâtai mes poches. Celles de ma veste. Celles de mon pantalon.

— Un problème ?

— Je crois que j'ai oublié mon portable Chez Momo. Je l'ai posé sur le comptoir au moment de régler et… Partez devant, je vous rejoins.

Je fis demi-tour tandis que la policière porte-kebabs poursuivait sa route vers le commissariat. Dès que je sus qu'elle avait tourné à l'angle de l'avenue Giraud, je me réfugiai dans le premier passage donnant accès à un pavillon.

À l'abri des regards, j'ouvris le sac destiné aux cinq prisonniers et je versai dans chaque kebab une partie de la préparation confectionnée par mes soins. Les graisses des viandes de mouton absorbèrent presque immédiatement la poudre blanche de Clitocybe, si bien que plus rien de mon intervention ne paraissait. Pour une fois, ils mangeraient des kebabs aux champignons, ça les changerait. Je repartis à grandes enjambées en direction du commissariat et je parvins à rattraper Amandine Del Bosso à deux pas de notre destination finale.

— Quel con ! Il était dans ma sacoche.

Comme lors de ma dernière visite, Manuel Murat fut rapidement mis au courant de ma présence dans l'enceinte de l'établissement. Il me retrouva dans la cellule des filles, toujours somnolentes, que ni le fumet des repas qu'on apportait, ni les hurlements de fureur, ni les coups portés dans les murs par Prince Snake, enfermé dans une pièce voisine, ne semblaient pouvoir sortir de leur torpeur. Le commissaire tenait plusieurs téléphones à la main :

— Tiens, regarde les photos, Victor, on a pu déverrouiller les portables de ces salopards.

Salopards ! Le mot était faible. Démons ? Déchets ? Ordures putrides ? Pourritures ? Charognes ? Ce que je découvris sur les images n'avait plus rien à voir avec l'humanité. Que l'on puisse, sous les effets de certaines drogues, dévier vers des pratiques perverses ou sataniques, cela s'entendait. Mais sur les photos que me présenta le commissaire, les jeunes femmes avaient été droguées sous la contrainte des armes. Et violées par des hyènes. Elles seules avaient fait le voyage dans un monde parallèle.

Leurs bourreaux agissaient, eux, en pleine conscience. Ils photographiaient tout, poussant l'indécence à tirer de la fierté de leur cruauté dans un reportage qu'ils se consacraient, posant en héros. Comment avaient-ils pu imposer de telles horreurs à leurs victimes ? Ils paradaient dans le vice s'affichant dans des selfies de la honte, partagés avec fierté sur des réseaux pirates. L'adolescente ligotée hurlait, tandis que Prince Snake la pénétrait en rigolant et en lui écrasant une cigarette sur la poitrine. Même lors de mon stage en asile psychiatrique, je n'avais jamais assisté à de telles dépravations. Je me demandais comment il était possible, une fois ce délire de bête immonde terminé, une fois l'excitation retombée, de regarder froidement et sans remords l'étalage de sa propre monstruosité. Les destinataires des clichés avaient-ils ressenti un quelconque plaisir en découvrant pareilles scènes de barbarie ? Je savais que je ne reculerais plus. La sentence dans ma tête ne souffrirait aucun appel.

— Les blessures physiques, c'est une chose, les filles guériront. Là, elles sont encore sous les effets des psychotropes, tout va bien… Psychologiquement, en revanche, et pour leur avenir, je ne me prononce pas.

— Quand je te disais que c'étaient des chiens. Mais là, avec les photos, ils vont prendre perpète.

— Perpète, ce ne serait même pas assez !

Je sortis de la cellule des filles alors que les gardiens apportaient leurs repas aux tortionnaires masculins. Avec mille précautions, les tenant en joue sous la menace de leurs tasers. Amandine me confia un petit secret :

— Ils ont attendu que les kebabs soient froids pour leur servir. C'est mesquin, mais il paraît que froid, c'est assez indigeste. On les emmerde comme on peut.

— Je comprends. Je retourne à la consultation. S'il s'avère qu'ils digèrent vraiment mal, ou s'il y a un quelconque autre problème, vous me passez un coup de fil ?

— D'une manière ou d'une autre, je vous appellerai, promis…

Je quittai le commissariat avec la certitude que nous allions nous revoir plus vite que prévu. Bon appétit, messieurs.

XI

Je remontai la rue des Poilus et balançai dans une poubelle mon kebab au poulet, froid et donc indigeste. Ainsi que le sachet contenant le reste de poudre de Clitocybe dont j'avais saupoudré le repas des gardés à vue. En passant devant la pâtisserie Le Moulin des calanques, je m'offris en échange un sandwich pita-saumon et la religieuse au café qui me faisait tellement fantasmer. J'avais à peine eu le temps de finir mon repas en gobant le petit chou à la crème qui surplombait le gros, que le téléphone du cabinet sonna :

— Allô, docteur ? C'est Amandine.

— Eh bien, dites donc ! Vous êtes surprenante. Pendant quinze jours, vous ne me donnez plus de nouvelles et là, coup sur coup, c'est comme si vous ne pouviez plus vous passer de moi…

— Ne rigolez pas, venez ! Vite !

— Oh non, venez plutôt, vous…

— Ils sont tous malades, vraiment, c'est urgent…

— Qui ? Que se passe-t-il ?

— Les rappeurs, ils se vident de partout.

— Le kebab froid, c'est aussi indigeste que ça? J'ignorais…

— En tout cas, ça sort par tous les côtés, c'est l'horreur. Prenez une pince à linge.

— Bon, j'arrive!

«Merde tu es; à la merde tu retourneras», *Livre de la Genèse*, selon moi et par ma volonté. Voilà exactement ce que méritaient ces excréments vivants. Ils allaient se vautrer dans leur fange, expier dans leur vomi et dans leur défécation. Eux qui n'avaient aucune conscience de ce que signifie la grandeur d'âme, qui tiraient de l'atrocité de leurs actes la fierté du paon, au lieu de se morfondre dans la repentance du cancrelat; j'étais curieux de voir s'ils supportaient d'être ramenés à la trivialité de leurs sales petits trous du cul. L'obscénité que l'on impose à l'autre peut sembler supportable. Il faut bien plus de courage pour l'endurer dès qu'on la subit. Je violais les boyaux de ces porcs abjects, j'allais leur exploser l'anus, leur retourner l'estomac, pour qu'ils comprennent ce que c'est d'abuser du corps de l'autre. Et pour le Snake, sans trône quand il en aurait eu le plus besoin, le calvaire n'était pas terminé. Le châtiment serait à la hauteur des idées pestilentielles qu'il répandait, des propos nauséabonds qu'il proférait et des actes ignominieux dont il était coupable.

À l'extérieur du commissariat, un nombre inhabituel de policiers prenaient l'air. Je pénétrai dans le bâtiment quand l'odeur vint m'étrangler. Le seuil pestilentiel dépassait celui des toilettes publiques d'autoroutes après un mois de grève des agents d'entretien. Le planton de garde à la réception, la main droite collée sur la bouche et le nez pour faire barrage, m'indiqua le chemin de sa main libre dans un geste qui pointait à la fois la direction et la nécessité pressante d'intervenir. Un haut-le-cœur plus tard, Amandine, d'une pâleur extrême et qui ventilait comme elle pouvait l'espace autour d'elle avec le dossier qu'elle tenait, vint à ma rencontre et m'invita à la suivre au sous-sol, vers les cellules. Plus nous descendions et plus nous plongions dans les tréfonds d'une fosse septique de clinique spécialisée en gastro-entérologie.

— On ne va pas tenir ! C'est la guerre bactériologique.

— Il est vrai, chère Amandine, que l'on m'a déjà donné des rendez-vous plus romantiques.

Je rentrai dans la cellule des deux premiers rappeurs. Le sol était maculé d'un liquide improbable, leurs vêtements imbibés eux aussi de déjections malodorantes. Courbés en deux, recroquevillés sur leur banc, se tordant de douleur, les doigts crispés sur leurs ventres, les héros impitoyables de la nuit avaient perdu de leur superbe. Quand on a dépassé 20 ans, qu'on se prend pour un bonhomme, qu'on deale, qu'on pille, qu'on maquereaute, qu'on se croit au-dessus de tout, même des lois, faire *dans sa culotte* devant une jolie policière, c'est moins glorieux que prévu. Le caïd redescend brusquement du piédestal qu'il s'attribuait.

— À ce niveau de complication, je ne vais pas pouvoir m'en sortir seul. Il faut perfuser. Appelez les pompiers !

— C'est déjà fait.

J'avais beau être aguerri, je parvenais mal à masquer le dégoût qui m'oppressait. J'enfilai mes gants en latex, plus par souci de me soustraire à toute cette souillure que par asepsie.

— Vous avez pris des drogues dans les dernières vingt-quatre heures ?

— Non, m'sieur, je te jure…

— Écoutez, je ne suis pas policier, je suis médecin. C'est important, répondez-moi franchement ! Avez-vous pris des drogues récemment ?

— Oui ! Mais c'est pas le blème, ça, on a l'habitude. C'est ces putes de *chtars*, là ! Ils veulent nous empoisonner.

— Pas du tout, au contraire ! Les *chtars*, comme vous dites, ont fait appel à moi pour que je vous soigne, justement.

Tout en parlant, je lui pris la tension, elle était extrêmement basse. Son pouls au ralenti, des sueurs. Le diagnostic le plus simple de toute ma carrière. Quand on connaît le poison, on trouve facilement l'antidote. Je sortis de ma sacoche une seringue et une dose d'Atropine… Le camarade de celui avec qui je conversais fut pris d'une crise de vomissements. Je demandai à Amandine d'aller leur chercher du Coca-Cola (cette boisson que je ne conseille qu'en médicament) et des bouteilles d'eau pour qu'ils se réhydratent. Elle referma la porte à clef derrière moi. D'ordinaire, en compagnie de ces deux loustics, j'aurais été moins rassuré, mais là, c'était eux qui n'en menaient pas large.

— Si vous continuez à vous vider comme ça, vous êtes en danger. Je vais vous faire une injection.

— Je ne risque rien avec la piqûre, m'sieur ?

— Si ! Vous risquez d'aller mieux.

Au même moment, une crampe intestinale le fit grimacer et l'aida à comprendre qu'il était impératif de se laisser soigner. Il m'abandonna son avant-bras, je le piquai. Son compagnon de captivité n'était en mesure de rien.

En m'approchant de lui, je m'aperçus qu'un filet de coulante s'échappait de son pantalon et ruisselait sous ses fesses. J'augmentai la dose. Et je le piquai à son tour. Je venais de retirer l'aiguille quand Amandine apporta la boisson. Très rapidement, presque instantanément, les deux patients ressentirent la portée bénéfique du traitement que je venais de leur administrer. L'effet que procure un contrepoison est souvent miraculeux. Cela peut parfois correspondre à une sorte de résurrection. Je me délectais du regard admiratif qu'Amandine posait sur moi car je m'y reflétais en demi-dieu doué de pouvoirs thaumaturgiques. J'espérais lui procurer bientôt d'autres occasions de me regarder ainsi.

— Alors, du Coca, sans les bulles. De l'eau tant que vous pouvez. Et je reviens vous voir dès que je me suis occupé des autres.

Dans la cellule voisine, j'appliquai le même remède aux mêmes maux, soulageant ainsi les deux autres voyous.

— Allons-y, client suivant ! Amandine, je vais rédiger une ordonnance. Pourriez-vous envoyer quelqu'un à la pharmacie ?

La dernière cellule était davantage surveillée. Cette fois, deux policiers m'escortèrent, prêts à intervenir le cas échéant. Abdel Farid était enfermé seul. Le fauve n'avait cependant pas le panache du roi des animaux. Son état n'était pas plus reluisant que celui de ses complices. Du Prince ? Il n'en était plus que sa diarrhée. Il conservait pourtant, malgré sa position calamiteuse, une arrogance, une insolence et un mépris qui donnaient envie de le piétiner. Je savais que tout le monde ici désirait que je le remette rapidement sur pied afin de pouvoir l'interroger.

Je supposais par ailleurs qu'il y avait peu de chance pour que ce scélérat fasse la moindre révélation sur ses trafics, son réseau, son business. Honneur de truand, fierté de merde. Dès qu'il vit apparaître la silhouette d'Amandine, prévenante, qui apportait pour lui aussi de quoi se réhydrater, il se mit à cracher par terre, un mélange de salive et de glaires :

— C'est toi qu'as voulu m'empoisonner, sale pute. Je vais te niquer ta grosse chatte de poulet, salope.

— Au contraire, monsieur, c'est elle qui m'a appelé pour que je vienne vous soigner.

— Ta gueule, toi ! Espèce de…

Il se recroquevilla. Les gargouillements qui s'échappèrent de son ventre puis les flatulences qui suivirent indiquant que son pantalon ressemblait désormais davantage à la couche « Confiance » d'un résident en EHPAD qu'à la culotte d'une jeune stripteaseuse.

— Sa race ! Ahhh !

— Je pense, monsieur, qu'il vaudrait mieux que je vous soigne, comme vos camarades. Il s'agit d'une intoxication alimentaire grave et…

— Ahhh !

Ses râles trahissaient l'intensité des douleurs qu'il ressentait. Les contractions résultant de ce type d'empoisonnement peuvent s'apparenter à celles d'un accouchement sans péridurale. Au moins une fois dans sa vie, il aurait appréhendé la sensibilité féminine. Pourtant, malgré son état, l'énergumène n'accordait de crédit à personne ; il avait si souvent berné les autres et trahi sa parole. À force d'abuser des gentillesses, d'offenser les bienveillances, de profiter des faiblesses, de tout salir, il n'envisageait jamais que quiconque puisse lui vouloir du bien. Le revers de la médiocrité. Avant de me laisser m'occuper de lui, il voulait recueillir l'avis de ceux que j'avais déjà pris en charge. Il le fit en hurlant à travers la paroi :

— Karim ! Karim ! Frère, dis-moi... Ahhh !

— Yo ! Snake.

— Il est OK, le doc ? Bien ou pas ? Ahh !

— Oui, c'est OK.

Je plantai ma seringue dans le flacon d'Atropine, sans dévoiler bien entendu que j'y avais préalablement préparé un mélange d'héroïne et de potassium. Quand je piquai la veine médiane, il se mit à hurler. Puis retomba immédiatement. Je fis mine de m'affoler, tout en injectant une dose supplémentaire de potassium. Il nous quittait.

— Les pompiers sont arrivés ? Il fait un malaise. Massage cardiaque vite !

Je rangeai la seringue fatidique dans ma sacoche, puis, aidé des deux policiers, j'allongeai Abdel Farid sur le sol. Amandine en parfaite infirmière se mit à genoux à côté de moi, donnant des impulsions régulières à deux mains sur le cœur de Prince Snake. Je remplis une nouvelle seringue d'Atropine pure et sans ajout cette fois. Je piquai le bras sachant que ce serait cette shooteuse-là que je laisserais à examiner aux enquêteurs après le décès. Je fouillai les poches du pantalon de jogging que portait le rappeur.

— C'est pas possible, qu'est-ce qu'il a bien pu prendre pour partir comme ça ?

Avec la dextérité d'un magicien, j'en ressortis les deux boulettes d'héroïne que je venais d'y introduire. Comme si je les découvrais... J'examinai ces petits paquets en papier alu récupérés dans la villa lors de l'arrestation à Cassis, puis trafiqués ensuite par mes soins.

— Vous les laissez se défoncer en garde à vue ?

— Non ! On les a fouillés.

— Assez mal, visiblement.

Les pompiers arrivaient. Ils prirent le relais d'Amandine qui avait poursuivi la réanimation jusqu'à épuisement. Malgré tous nos efforts, il n'y eut rien à faire pour le sauver. Et c'était tant mieux.

Tandis que l'on conduisait le groupe de malades sous perfusion à l'hôpital, un médecin légiste traita le cas « Abdel Farid ». J'étais sur le point de quitter le commissariat quand on me signala que Manuel Murat désirait me voir dans son bureau. Il avait été le premier à contacter la maintenance et, privilège du patron, avait réussi à faire ouvrir toutes les fenêtres de l'étage, normalement condamnées en raison de la climatisation. Et des tentatives d'évasion. Ou de suicide. Le quatrième était donc le seul endroit respirable du bâtiment. Mais, s'il jubilait, c'était surtout de la mort du Snake. Il avait beau essayer de dissimuler sa satisfaction, la disparition de celui qu'il pensait être le « corbeau » lui procurait une joie intérieure évidente. Je lui parlai à voix basse :

— Manuel, je peux te demander un truc ?

— Aujourd'hui, tout ce que tu voudras !

— Snake, ce n'est pas toi quand même qui as… ?

Dans les yeux de MM, je vis se rembobiner toutes les scènes pour remonter au début du film, à peine un mois plus tôt, sur le nouveau port, quand il m'avait proposé d'abréger les jours d'Abdel Farid. Avait-il oublié ? Le pauvre commissaire n'aurait connu que cinq minutes de délivrance avec l'annonce de la mort de son ennemi et je débarquais avec mes allusions. Il avait pourtant la conscience tranquille; il n'avait rien commis de répréhensible. Le destin était venu lui prêter main-forte, pour une fois. Ce n'était pas si fréquent. L'intoxication alimentaire avait été un cadeau de Dieu, un verdict divin. Tout le monde s'accordait sur la thèse de l'accident. Et voilà que je lui imputais un possible meurtre. Lui, le flic. Moi, le médecin. Sans ses confidences nocturnes préalables, il était au-dessus de tout soupçon. Et plouf! La mouche dans le vinaigre! Quelle poisse, alors qu'il avait seulement projeté de faire le pire! Sans passer à l'acte. Sans bavure. Voilà que je le montrais du doigt. Tel un oiseau de proie, l'erreur judiciaire planait au-dessus de sa tête assermentée. Au lieu de savourer sa victoire, il devait plaider non coupable :

— Ce n'est pas moi! Je te jure!

— Ah bon...

— En même temps, c'est vrai que ça m'arrange, je ne te le cache pas...

— Oui, ben, je me doute...

— Mais ce n'est pas moi. Promis... Pour autant, ce n'est pas la peine d'aller raconter ce que je t'avais dit à qui que ce soit... Ça ferait des problèmes, là où il n'y en a pas... Tu comprends?

Je le tenais. Il était à ma merci. Avant de le mettre à terre, je voulais lui donner le vertige.

— Ben, zut alors! Je suis en train de penser à un truc que je voulais te confier et puis j'ai oublié. Ce n'était pas grave, ça ne portait pas à conséquence. Sauf que maintenant...

— Accouche !

— Tu te souviens, j'ai appelé Framboise pour lui laisser un message, le soir où tu m'as parlé… ?

— Oui, et alors ?

— Eh bien, je crois que j'avais mal raccroché et que notre conversation a peut-être été enregistrée sur sa boîte vocale…

— Quoi !!!???

Le commissaire qui jusque-là se tenait avancé sur le bout de son siège, penché en avant vers moi pour ne pas perdre une miette de la conversation, partit à la renverse dans son fauteuil de direction. Il aurait basculé en arrière si le mur n'avait arrêté la course de son dossier. Sans même se rendre compte de la cascade qu'il venait d'effectuer, il posa ses mains croisées sur le sommet du crâne, signe d'une intense réflexion. Puis il se mit à dodeliner de la tête de gauche à droite pendant une dizaine de secondes, tout en pinçant ses lèvres. Il n'était pas nécessaire d'avoir étudié le langage non verbal pour comprendre qu'il se répétait intérieurement : « Non, mais c'est pas possible, c'est pas possible… »

— Tu crois ou tu es sûr ?

— Je crois que je suis sûr. Mais en même temps, elle ne m'en a pas parlé… Alors…

C'était un spectacle décevant d'assister, cette fois encore, à l'effritement de la carapace d'un fonctionnaire de cette trempe. Au lieu de m'inspirer de la pitié, sa veulerie ne faisait qu'attiser mon envie de le malmener. Chaque fois qu'il s'estimait en position de force, il me cherchait des poux. Maintenant qu'il était proche du KO, j'allais le torturer un peu, avant de l'achever.

— Je te propose la chose suivante : j'écoute discrètement la boîte vocale de Framboise et, si jamais on y entend notre conversation, je te fais une copie…

— Non. Pourquoi une copie ? Tu effaces…

— Je ne peux pas effacer, sinon Framboise risque de savoir que j'ai touché à son portable…

— Ça c'est pas grave, tu effaces !

— Si, c'est grave ! Elle me fait confiance. Moi, je n'écoute jamais son téléphone. Même une copie, ça me met très mal à l'aise.

— Qu'est-ce que tu racontes ?

— Exceptionnellement, par amitié pour toi, je ferai quand même une copie…

— Mais non ! Tu effaces. Elle pensera qu'elle a commis une erreur de manipulation, et puis c'est tout…

— Tu connais mal Framboise. Elle est très méticuleuse…

— OK, OK. Et ça te servira à quoi de me faire une copie du message ?

— Eh bien, pour qu'on vérifie ce que tu as dit exactement. Pour voir si Framboise a entendu quelque chose de grave… si on reconnaît ta voix, etc.

L'exaspération de Manuel transpirait par tous les pores de sa peau. À n'en pas douter, il m'aurait volontiers collé un aller-retour, tellement mon raisonnement lui sortait par les narines. Les flics aiment bien cogner pour faire retomber la pression. Pourtant, il n'était pas au bout de ses peines. Si je n'étais pas de taille à le démolir de mes poings, je savais planter des banderilles mentales au moins aussi traumatisantes. Je portai l'estocade.

— Et puis, ça me fera une preuve…

— Une preuve ? Une preuve de quoi ???

— Une preuve que ce n'est pas moi, si jamais on m'accuse, par exemple… Parce que, vois-tu, j'ai essayé de sauver cet homme pendant plus d'une heure. Je n'ai pas réussi mais, à la différence de toi, je n'ai jamais songé à le tuer, moi. Je ne veux pas payer pour les autres. Même si je t'aime beaucoup, Manuel, je n'irai pas en prison à ta place.

XII

Le dimanche fut exceptionnel, le temps radieux. Dès le matin, j'allai jouer à construire des châteaux de galets sur la plage du Mugel, avec Gabriel. À l'heure du déjeuner, Framboise vint nous rejoindre en apportant le pique-nique. Nous étions seuls, avec le soleil et notre bienveillance pour notre fils.

— Gaby, remets ton bonnet…

— Mais j'ai chaud, maman !

— Écoute ta mère, mon chéri. Elle sait ce qui est bon pour toi.

Il y avait dans ces phrases simples un sentiment paisible d'éternité. Nous le protégions de toutes nos forces. Je le regardais grandir, apprendre, inventer, construire et je dégageais son horizon pour lui permettre d'aller plus loin, sans entraves. L'exécution de Prince Snake faisait partie de ces attentions, une embûche de moins sur le parcours de Gabriel. Rien n'était trop radical pour préserver ce que nous avions de plus précieux au monde. Il fallait procéder comme on soigne la gangrène et, sitôt qu'elle risquait de s'étendre, amputer. Quel autre moyen y avait-il de soustraire notre enfant, et tous les autres encore sauvables, aux influences désastreuses de ce barbare ? Car ce n'était pas seulement Gabriel mais une génération entière qu'il s'agissait de défendre. Sans doute le rappeur n'était-il pas né incurable, perdu d'avance. Sans doute l'infection s'était-elle instillée par défaut d'amour, absence d'éducation, à force de violence. Cela aurait été un manque d'humanité de ne pas en convenir et de statuer qu'il était seul responsable de ce qu'il était devenu. Élevé par Framboise et moi, dans un autre milieu, avec d'autres références, d'autres moyens, c'est certain, il n'aurait sans doute jamais pourri de la sorte. La société dans son ensemble était responsable, indéniablement. Je voyais bien avec Gabriel les efforts qu'il fallait déployer pour lui indiquer le bon chemin, quand tout était fait pour l'en dévier. La télévision qui pervertit l'esprit, les jeux vidéo qui détournent la pensée, la publicité qui pousse à la consommation abusive, toutes ces drogues insidieuses qui vous tirent vers le bas, autrement plus puissantes que le désir de connaissance. Les grandes satisfactions réclament de grands sacrifices. Elles ne fleurissent pas sur le fumier des fumistes. Il faut sans relâche se soumettre à la torture de l'instrument si l'on aspire à la virtuosité. Le plaisir est immense lorsque l'on a franchi l'obstacle d'un prélude de Chopin. Dans tous les domaines, la récompense est à la mesure de l'abnégation. Sans l'exigence d'un père, sans références, sans maîtres, quand il suffit de séduire les copains, on accède au statut de Prince Snake. Maigre apothéose. Avec le succès – cette idiotie collective –, on peut s'imaginer devenir une idole et n'être que le roi des cons. Les fans ne sont pas des admirateurs qualifiés, mais de simples adeptes. Ils n'ont aucune base qui leur permette de différencier ce qui les élève de ce qui les avilit. Dans ce malentendu, il n'y a que des victimes. « Les suiveurs » qui galvaudent leurs capacités au pinacle du modèle de la facilité. Et « le suivi » qui se prend pour quelqu'un alors qu'il se contente de répandre son jus plus ou moins nocif. Je ressentais à cet instant l'allégresse d'avoir sauvé la vie de Gabriel. Je l'observais jeter les galets dans l'eau, de toute sa puissance de petit garçon… pas très loin. Les larmes montaient. Il était une proie tellement facile. Et ils étaient déjà si nombreux à vouloir en faire un client, un électeur, un abonné, un disciple, un addict, une groupie, un adhérent, un supporter. Il faudrait notre vigilance incessante pour lui éviter de tomber dans ces non-existences où les avidités de tous bords tenteraient de l'entraîner. Je me levai pour que Framboise ne puisse lire l'émotion qui coulait sur ma joue. Regardant le plus loin possible, fixant l'horizon qui inspire l'avenir, je prêtai serment. Mon enfant, ma chair, mon sang, je déjouerai les ruses, je préviendrai les pièges, je jure d'être jusqu'à mon dernier souffle ton bouclier sans concession.

— Gaby, mon chéri, ne t'approche pas trop du bord.

— D'accord, maman !

Framboise m'avait rejoint dans mon dos sans que je l'entende, elle se colla contre moi, m'enserrant de ses bras, posant sa tête entre mes omoplates, comme pour m'écouter respirer. J'avais envie de lui proposer de m'épouser, là maintenant. Pour sceller à jamais notre trio, mon seul clan. Mais je sus me retenir. Elle méritait une demande inoubliable et bien mieux préparée. Un événement à la hauteur de l'amour qu'elle m'inspirait.

— On le protégera, notre petit Gabriel, hein, Victor ? Jusqu'au bout et quoi qu'il arrive.

— Je te le promets, mon trésor.

Nos corps et nos esprits ne faisaient qu'un. Elle ressentait tout ce qui était important pour moi, nul besoin d'évoquer quoi que ce soit. Le geste ou le mot que j'attendais survenait par transmission de pensée. C'était si simple de l'aimer dans cette osmose parfaite. Je sentais sa poitrine se soulever à l'unisson de mon propre souffle. Aucun autre bonheur ne pouvait être à la hauteur.

Le lundi matin, vers 11 h 30, alors que j'ouvrais la porte de la salle d'attente pour appeler le patient suivant, je fus surpris d'y trouver Amandine, assise là, en uniforme. Elle se leva sans attendre son tour, que du reste elle n'avait pas puisque je ne recevais que sur rendez-vous. Mme Veyrand et M. Ricci, deux retraités forts aimables et en parfaite santé, la regardèrent leur passer devant, sans sourciller. Comme ils fréquentaient mon cabinet surtout par désœuvrement, ce n'était pas bien grave. Consulter faisait partie de leurs rares occupations, aussi venaient-ils régulièrement vérifier qu'ils n'avaient toujours rien. Peut-être aussi pour garantir leur place chez moi le jour où LE problème surviendrait. En appréhendant ce fameux pépin qui finirait bien par leur tomber, tôt ou tard, sur le coin de la figure, ils n'avaient pas grand-chose à faire que de… l'attendre. Alors être doublés, céder son tour, c'était l'aubaine. L'occasion en or de poursuivre *in situ* leur inépuisable bavardage sur les maladies des autres qui n'avaient pas leur chance : l'Alzheimer de Mme Rigoudin, le col du fémur de M. Vartanian. Sans compter que la présence d'une policière chez le docteur Victor Baunard offrait une alternative de discussion intéressante. Un fabuleux prétexte à échafauder mille hypothèses dès que nous aurions le dos tourné. Hypothèses qu'il suffirait ensuite de colporter aux tables de tous les cafés de La Ciotat, comme si elles étaient vérifiées. Sans ces petites entorses à la déontologie de l'information, les conversations de l'apéritif auraient vite tourné en rond. Il n'y avait pas de quoi se formaliser de cet amateurisme bon enfant, très fécond en histoires palpitantes. Vu qu'ici tout le monde s'accordait sur le fait que les professionnels des médias n'hésitaient pas à s'épandre avec aussi peu de précautions sur des sujets autrement plus graves, dans des tribunes bien plus larges et devant des auditoires qui se comptent en millions. Pourquoi se refuser entre concitoyens quelques approximations plus palpitantes que la stricte réalité ? Surtout que les conséquences resteraient extrêmement circonscrites, ne dépassant guère les frontières du quartier Saint-Jean. Allez, peut-être de Fontsaintes... Mais au-delà, cela n'intéressait personne. « On a vu les condés débarquer chez Baunard. » Dans deux heures au plus tard, on broderait sur mes démêlés avec la justice, mon implication dans une affaire de mœurs, une arnaque à la Sécurité sociale, un trafic de méthadone avec le pharmacien... La rumeur à force d'être répétée deviendrait la vérité incontestable dont chacun serait témoin. Puis on tournerait la page. Bref, Mme Veyrand et M. Ricci ne se faisaient pas piquer leur place, ils vivaient une bénédiction divine. Amandine, qui ne manquait pas de psychologie, eut conscience que réduire le champ de leurs extrapolations permettrait qu'elles ne me nuisent pas trop. Elle initia donc une piste de diversion plutôt maligne destinée à me protéger des éventuelles futures calomnies. Avec une hardiesse qui n'était pas pour me déplaire.

— Excusez-moi, messieurs-dames, je vous passe devant…

— Mais bien entendu, on vous en prie, répondirent-ils en chœur, sur un ton mielleux digne des plus serviles collaborateurs de la Gestapo.

— Il s'agit d'une enquête urgente concernant un agresseur de personnes âgées.

Je les vis blêmir instantanément, ce nouveau teint légitimant soudain leur présence à la consultation.

— C'est le docteur Baunard qui a établi les premières constatations sur les victimes. J'ai besoin de l'entendre. Vous permettez ?

— Oh ! Mais bien sûr !

— Pas un mot sur cette affaire, évidemment…

— Ohhh ! C'est promis, vous pouvez nous faire confiance.

— Surtout ne vous inquiétez pas, nous l'attraperons. Nous avons déjà une piste sérieuse. N'est-ce pas, docteur ?

J'acquiesçai en tentant de masquer le sourire qui cherchait à voler la vedette à mon sérieux médical. Et nous les laissâmes là, prêts à trahir dans l'instant leur promesse de ne rien dire. Bientôt, tous les vieillards des environs s'enfermeraient à double tour, tremblant que le géronto-meurtrier vienne cogner à leur huis. Les deux parjures allaient avoir tout le loisir d'élaborer le plus angoissant des scénarios. Un mensonge tellement crédible que personne ne songerait à s'en méfier. Une peur idéale, à répandre aux quatre vents. Trop occupés à broder, ils ne verraient pas passer le temps que la policière venait de leur voler.

Je n'avais pas remarqué d'emblée qu'Amandine portait des talons assez peu compatibles avec la charge de sa fonction. Dès que j'eus refermé la porte de mon cabinet, elle déboutonna sa veste et la posa sur le dossier d'une des deux chaises placées face au bureau. Ses gestes étaient si naturels qu'il aurait été impossible de déterminer qu'elle venait ici pour la première fois. Tout en me parlant, elle se mit à dégrafer son chemisier.

— L'IGPN est sur le cas de Prince Snake. Ils ont le pauvre Momo dans le collimateur. Il a dû fermer par mesure de sécurité sanitaire.

— Mais j'ai moi aussi déjeuné chez lui, et je n'ai pas été intoxiqué.

— Oui, je sais. Ni la PJ, ni la BAC ! Personne d'autre que les cinq zozos n'a été malade. C'est incompréhensible.

Pour l'instant, ce qui demeurait incompréhensible, c'est qu'Amandine était en soutien-gorge, face à moi, sans que je lui aie rien demandé. Qu'elle détachait la ceinture de son pantalon. Il me fallait admettre que ce que j'avais supposé concernant sa plastique était en deçà de la réalité. Surplombant son ventre de gymnaste, soulignant sa taille de danseuse, sa poitrine à peine soutenue par une dentelle blanche légère et ajourée défiait les lois de toutes les attractions. Terrestres ou sexuelles. Je voyais en transparence ses tétons proéminents pointer ardemment vers le ciel quand les proportions exceptionnelles de ses seins auraient dû les inciter à s'incliner vers le sol. Sa peau mate éclatait de sensualité, mise en valeur par le contraste de la lingerie immaculée. Depuis mon fauteuil je sentais les effluves suaves d'une femme qui a raison de se dispenser de parfum. Elle se dirigea vers la table d'examen mais, au lieu de s'y allonger, elle se contenta d'y poser son buste, se courbant en deux à l'équerre. Puis d'un seul mouvement, laissant glisser son pantalon sur les chevilles, écartant légèrement les jambes et cambrant les reins, elle me présenta un postérieur d'anthologie. Cette apparition majestueuse, en dehors de son aspect physique irrésistible, avait le charme du geste pleinement assumé. Un don qui ne réclame aucune autre contrepartie qu'une envie réciproque et des attentions charnelles intenses :

— C'est comme ça qu'il faut se tenir pour être bien auscultée ? me demanda-t-elle d'une voix soudain ingénue.

En m'approchant d'elle, je plongeai ma main gauche dans le tiroir rempli de préservatifs (que j'offrais aux adolescents pour accompagner mes recommandations sur les MST). Ma main libre s'inséra dans une prison douillette entre ses cuisses bouillantes. Je remontai vers son sexe que j'effleurai à travers le minuscule tissu qui le recouvrait. Ce lieu me racontait un désir mûrement réfléchi, une excitation déjà exacerbée par des pensées préliminaires.

— Oui, c'est exactement comme ça qu'il s'agit de se présenter. À condition d'être une patiente privilégiée.

— Dis, tu me feras un peu mal, s'il te plaît ?

— Si c'est pour te faire plaisir, je ne te refuserai rien.

J'écartai son string afin de libérer son sexe généreux, rebondi, accueillant. Il suintait comme une mangue mûre qu'il ne faut plus tarder à consommer. Je m'agenouillai, impatient de déguster le fruit directement sur l'arbre, et je le gobai à pleine bouche avec la sensation enivrante que je ne serais jamais rassasié d'un mets si délicat. J'y plongeai jusqu'à m'étouffer, enfonçant mon nez au plus profond, lapant le nectar, ouvrant de mes mains les deux quartiers de cette drupe rare. Encouragé par les miaulements d'Amandine, galvanisé par la chair de poule que je sentais naître sous mes doigts inquisiteurs, je redoublai d'appétit. Je goûtai à tout.

— Oh ! docteur, comme vous me soignez bien ! Que diriez-vous de me baiser, maintenant ?

Obéissant, je me relevai, j'ouvris ma braguette pour libérer mon phallus qui ne demandait qu'à s'échapper de son enclos devenu exigu. J'habillai le membre nu de sa panoplie de latex. Amandine se cambrait et, alors que j'allais investir son accueillant tunnel doublement lubrifié, elle m'en interdit l'accès. De sa main passée entre ses cuisses, elle me dirigea avec habileté vers un passage plus étroit, m'invitant à y pénétrer sans ménagement. J'obtempérai et m'y enfonçai bientôt jusqu'à la garde. Elle se mit à se prodiguer des caresses qu'elle prolongeait sur mes testicules. Parfois ses doigts investissaient l'orifice resté libre et je les sentais chercher le contact de mon sexe à travers la paroi de l'utérus, redoublant mon excitation. Elle souleva son buste, prenant appui sur sa main libre, et me susurra :

— Pince-moi les tétons, fort !

Respectant ses consignes, je glissai mes mains sous ses seins volumineux qui débordaient largement de mes paumes. Entre le pouce et l'index, je martyrisai ses tétons comme elle le réclamait. Je la chevauchai. Plus rien n'existait, ni mes malades dans la salle d'attente à côté, ni Framboise, ni Gabriel, ni le monde. La barbarie s'était emparée de moi. Seule la quête de jouissance restait primordiale, tout le reste, la morale, le respect étaient devenus secondaires. La table d'auscultation cognait dans le paravent, je m'en branlais. Et puis, elle étouffa un cri et un liquide chaud vint m'inonder, une fontaine volcanique.

— Oh, là, là ! Ça faisait tellement longtemps que ça ne m'était plus arrivé.

Avec une douceur extrême, elle désemboîta nos corps. Se tourna vers moi, s'agenouilla, libéra mon sexe de son costume de protection, et me prouva que sa gorge était un puits sans fond qu'elle me chargeait de remplir. Sa volonté fut *fête*.

Après l'étreinte, nos corps tout à l'heure si libres se tenaient l'un en face de l'autre, empruntés, désarçonnés. Ils venaient à peine de faire connaissance et ils en étaient déjà là ? L'ivresse cédait soudain sa place à la pudeur. Nous étions deux amants qui se réveillent enlacés après une soirée trop arrosée. La conscience est alors l'ennemie. Amandine se rhabilla vite. Je refermai mon pantalon trempé et enfilai par-dessus la blouse blanche que je ne portais d'ordinaire jamais. Dans l'immédiat, je ne voyais aucune autre solution de secours permettant de dissimuler aux futurs patients les traces notables de l'irruption de plaisir. Elle quittait déjà mon cabinet, se sentait-elle coupable ? Je repensai à Prince Snake, à ce qu'il avait raté de n'enculer la police que virtuellement, dans ses textes dégradants. À tout ce qui l'avait éloigné du véritable épanouissement, celui qui consistait à le faire concrètement avec des gestes d'amour. Arrivée à la porte, elle posa la main sur la poignée sans l'abaisser. Elle marqua un temps. Posa son front contre le montant et, sans se retourner, comme si elle redoutait la réponse, me lança :

— Au revoir, docteur ! Nous nous reverrons, j'espère.

— Cela ne tient qu'à vous. Et ce serait un plaisir.

Elle ouvrit alors la porte et disparut. Je me jurai de ne pas la revoir plus de vingt fois. Au-delà, ce serait tromper Framboise, que j'aimais sans limites.

XIII

Après une enquête assez rudimentaire de l'IGPN, le restaurant de Momo put rouvrir, à peine une semaine plus tard. D'une part, on ne trouva aucune trace de Clitocybe ni dans ses frigos, ni dans ses réserves. D'autre part, les deux boulettes d'héroïne, glissées par mes soins dans les poches de jogging de Prince Snake et découvertes près de son cadavre, étaient truffées de ce champignon mortel. Déduction rapide, bâclée et donc fausse, les « rappeurs » s'étaient autoempoisonnés. Le maton responsable de la fouille des gardés à vue vécut un mauvais quart d'heure, et on en resta là.

Dans l'intervalle, Amandine était repassée me voir au cabinet. En prenant rendez-vous cette fois, ce qui avait eu le don de m'exciter vingt-quatre heures durant, dès l'instant où j'avais noté son nom dans mon agenda. La voir se rhabiller puis repartir fut un soulagement. J'étais enfin débarrassé de cette tension qui martyrisait mon corps et occupait mon esprit chaque instant depuis 1 440 minutes. Il me restait dix-neuf incartades au programme, selon le code de conduite que je m'étais fixé. Je les espérais autant que je les redoutais. Lors de cette deuxième « rencontre », la fonctionnaire s'était montrée d'une liberté et d'une inventivité exceptionnelles, qui laissaient présager bien des audaces extrêmes et des plaisirs délirants. « La policière polissonne », ça sonnait relativement poétique pour un film de cul.

Je fus très étonné, presque inquiet, quand elle me téléphona dès le lendemain matin. Je m'étais figuré qu'elle espacerait davantage la posologie.

— Bonjour, docteur, j'aimerais à nouveau prendre rendez-vous avec vous.

— Déjà ? Vos souffrances ne sont pas apaisées avec le traitement que je vous ai administré hier ?

— J'aimerais vous voir, avec votre femme…

— …

— Et avec mon mari. Pour dîner ensemble. Je suis certaine que nous nous entendrons très bien tous les quatre.

J'ignorais pourquoi mon instinct me poussait à ne pas refuser cette invitation qu'en toute logique et par prudence j'aurais dû décliner. Le soir même, je transmis la proposition à Framboise qui fut enchantée, toujours curieuse qu'elle était de rencontrer de nouvelles personnes. Trois jours après, seulement, nous arrivâmes vers 20 h 30 à la résidence du Liouquet, champagne frais et bouquet de fleurs à la main, afin que l'élégance ne soit pas uniquement vestimentaire. C'était curieux qu'une policière vive dans un domaine privé aussi chic. Terrain de tennis, accès réservé à la plage, vue imprenable sur toute la baie de La Ciotat pile en face de l'île verte. Angelo Del Bosso, sculpteur de son état, avait hérité de cette maison de famille. Son accueil chaleureux, à l'italienne, mettait immédiatement à l'aise. Le mari d'Amandine pouvait se permettre le débardeur, sans paraître négligé. Sa plastique idéale rendait si bien hommage au métier qu'il exerçait qu'il aurait pu se servir de modèle à lui-même. En cela au moins, il était le pendant masculin de son épouse, aussi artistiquement dessinée que lui. Je me demandai dans l'instant ce qui avait bien pu attirer la policière vers moi. Question apparence physique en tout cas, je n'arrivais pas à la cheville de son play-boy. J'ai beau voir sans cesse des corps sous toutes les coutures, quand la beauté naturelle confine à la perfection, chez les femmes comme chez les hommes, je reste fasciné. C'est une bêtise incommensurable de présumer que la plastique d'un être est le reflet de son âme, mais chaque fois que je suis confronté à la grâce, je ne peux me départir de cet *a priori*. Je suis un peu jaloux de l'attirance immédiate que provoque la perfection extérieure. Moi, je n'ai que du charme. Si je fais montre souvent d'une grande amabilité, écoute, gentillesse, c'est, sans aucun doute, pour compenser certains complexes. Angelo, lui, n'en avait apparemment pas. Il gagnait facilement le match. Son torse glabre et bronzé, contre le mien trop poilu et qui ne voit pas assez le soleil, j'étais battu à plate couture sur « la première manche ». Ses bras musclés d'artisan, contre les miens qui manquent d'exercice, je perdais également « la revanche ». Son sourire rayonnant, son teint hâlé, ses yeux clairs et pétillants, sa chevelure dense, ses tempes grisonnantes, ma mine verdâtre de travailleur de l'ombre, ma calvitie avancée, « la consolante » n'était pas pour moi non plus. Afin de pouvoir à nouveau afficher un semblant d'assurance, je me raccrochai à mes lectures d'étudiant, me remémorant les écrits de Sacher-Masoch sur « l'esthétique de la laideur ».

La capacité féminine à jeter son dévolu sur un nain, s'il est charismatique. Placebo de pacotille, je dois le reconnaître, mais qui fonctionnait. Tandis qu'Angelo nous devançait pour nous faire visiter son atelier, j'admirais davantage l'œuvre de la nature que les siennes. Framboise, au contraire, était plus captivée par les formes des statues. Elle avait demandé l'autorisation de caresser les pierres et ne s'en lassait pas. En la regardant évoluer, je m'en voulais de n'avoir qu'un enchevêtrement d'imperfections à lui offrir, et j'admettais avec une pointe d'amertume, mais sans souffrance excessive, qu'elle pouvait prétendre à plus beau que moi. Je l'aimais suffisamment pour l'accepter. Si d'aventure elle devait être séduite et succomber aux atouts de l'Italien, je considérerais que ce ne serait que justice. Qu'elle soit honorée à la hauteur de ses mérites. Elle avait à l'avance mon absolution.

Sur la terrasse surplombant la mer, le dîner était digne du spectacle. Les lueurs du soleil couchant venant magnifier les plats qui garnissaient la table. Panaché de poissons frais marinés, salades savantes assaisonnées à la perfection, Cristal Roederer Brut. Amandine, sans jamais rien laisser soupçonner de notre secret, savait d'un coup d'œil imperceptible pour tout autre que nous me rappeler qu'elle n'oubliait rien de ce qui nous liait plus intimement. Ainsi se déroula la soirée émaillée des anecdotes de chacun, des plus émouvantes aux plus drôles, inscrivant ce moment simple au palmarès des bonheurs rares et indispensables de l'existence. Alors qu'Angelo pour conclure en feu d'artifice ces instants de grâce voulait me faire goûter une prune de la *mama*, Amandine emmena Framboise découvrir la calanque par le petit escalier jouxtant leur maison. Deux verres plus tard, le bel Italien me confiait sa peur de voir sa tendre exercer un métier si dangereux, quand leur situation financière n'exigeait pas qu'elle travaillât. Elle aimait les risques, les vrais ; la vie d'artiste en comporte si peu, à part celui de déplaire.

Lorsque les femmes remontèrent, le niveau de la bouteille, lui, avait largement baissé. Avec la nuit, la température ayant chuté, nous avions sollicité les degrés d'alcool pour rétablir un certain équilibre. Une brume s'était installée dans ma tête. Il était tard à l'heure de repartir. Je demandai à Framboise de prendre le volant et nous quittâmes nos hôtes en leur jurant de bientôt organiser la réciproque à la maison. Dès que nous eûmes franchi la grille de la propriété, malgré les vapeurs de prune qui m'entraînaient dans un brouillard encore plus profond, je compris qu'il allait falloir discuter. Et éviter les guets-apens moins évidents à déceler, vu mon état d'ébriété. En ignorant ce qu'elles avaient pu se confier l'une à l'autre.

— Elle est adorable, hein ?

— Oui, ma chérie !

— Et qu'est-ce qu'elle est sexy, tu n'es pas d'accord ?

— Si ! Son mari aussi d'ailleurs.

— Et puis… Elle embrasse bien en plus…

— Pourquoi tu me regardes comme ça ? Comment je le saurais ? …

— Ce n'est pas une question. C'est une affirmation. Je te dis qu'elle embrasse bien.

— …

— Tu savais qu'elle aimait les femmes ?

— Pas du tout. Moi, je la connais juste un peu par le boulot. Et comme elle était mariée je ne pensais pas que… Mais toi, tu aimes les femmes maintenant ?

— Elle m'a proposé qu'on fasse l'amour à quatre, avec son mari.

— Écoute, Framboise, j'ai un peu trop picolé. Là, je ne suis plus sûr d'entendre vraiment ce que j'ai l'impression d'entendre.

— Quand nous sommes arrivés en bas dans la crique, elle m'a pris la main. Je ne sais pas pourquoi je me suis laissée faire. Et puis je me suis assise sur un rocher. Elle s'est mise derrière moi, étrangement tout ça me semblait normal, c'est bizarre, non ? Elle m'a entourée de ses bras et, quand j'ai senti la chaleur de son ventre sur mes reins, ses seins dans mon dos, j'ai été troublée. Elle a posé son menton sur mon épaule et on est restées un moment comme ça, tête contre tête, sans parler, en regardant au loin dans la même direction. J'étais bien. Il y avait seulement le reflet de la Lune sur la mer, et le bruit du roulis régulier qui me berçait. Puis à un moment, tout doucement, elle m'a fait basculer en arrière et je n'ai pas dit non. Ça t'embête ?

— Ça devrait m'embêter ?

— Pourquoi tu réponds toujours par des questions ?

— Écoute-moi bien, Framboise. Je vais te dire quelque chose de valable pour l'éternité. Jamais rien de ce que tu feras dans le but de te faire plaisir ne pourra m'embêter. Ton plaisir, même avec d'autres, c'est le mien. La seule chose que je veuille à tout prix, c'est ne jamais te perdre. Et pour ça, je suis prêt à te partager avec qui tu voudras.

Elle respira un grand coup en regardant en l'air, comme si ce mouvement permettait de contenir les larmes dans ses glandes lacrymales. Chaque fois qu'elle faisait ce geste, je la savais bouleversée. La confiance et la liberté que par amour je lui accordais étaient les cadeaux qu'elle attendait de moi. En signe de reconnaissance, elle posa sa main sur ma braguette.

— Je n'ai pas accepté, pour la petite sauterie à quatre. Pas trop déçu, mon docteur chéri ?

— Framboise, ne te force jamais pour moi. Tu promets ? Dans tout ce qui concerne notre couple, je suis comblé. Pour le cul, pareil. Je n'ai pas besoin que l'on soit plus de nous deux.

— Pourtant, la proposition était tentante... Elle me plaît beaucoup, mais pas son mari. Dommage.

— Tu rigoles ? Son mari, on dirait un mannequin.

— Il est extrêmement beau, c'est vrai. Mais ses mains calleuses. Ce serait impossible qu'il me touche.

— Tu préfères mes mains douces de médecin. Je te comprends, hi ! hi !...

— Exactement ! Du coup, je lui ai proposé à trois...

— Pardon ? Écoute, Framboise, je ne te suis pas, je te dis que j'ai trop picolé...

— À trois. Toi, elle et moi. Mais sans être sûre que ça te plaise...

Le lendemain matin, je n'étais plus certain que la tournure des événements soit réellement à mon avantage. La veille, dans un premier temps, l'ivresse aidant, mon orgueil avait pris le dessus. Je m'étais endormi comme un imbécile heureux. Je me réveillai toujours aussi idiot, mais suspicieux. Je ne pouvais pas me permettre ce manque de précautions avec la maréchaussée. Que me voulait exactement cette Mme Del Bosso qui, après s'être livrée à moi, s'en prenait à ma femme ? Sa propension à s'immiscer dans notre intimité cachait-elle autre chose qu'une curiosité purement sexuelle ? J'allais bientôt le savoir puisqu'un texto venait de « bling ! » :

Rdv devant chez Momo, 13 h ?

Je la rejoignis sans avoir faim et encore moins d'un kebab, mais très en appétit de connaître ce qui motivait sa convocation inhabituelle. La poulette égrainait la commande interminable pour sa basse-cour. Je saluai d'un sourire le patron affairé à tout noter, mais visiblement heureux. D'autant qu'il avait bien cru devoir mettre la clef sous la porte définitivement. Une fois qu'Amandine eut annoncé la liste des goûts des autres, elle m'entraîna dehors :

— J'en ai pris un en plus, pour toi. Viens, on va parler pendant qu'il prépare. Momo ! On sort, ça sent trop le graillon chez toi.

— OK ! Ma cocotte, je t'appelle quand c'est prêt.

Je la trouvai plus belle que d'ordinaire, peut-être à cause de son air décontenancé que je ne lui connaissais pas. Elle commença par une petite phrase ne comportant que deux syllabes. Deux mots que l'on prononce en général quand on est assez peu rassuré.

— Ça va ?

Une formule clef en main qui semble vouloir s'intéresser à l'autre mais ne fait que trahir l'anxiété de celui qui la prononce. Une interrogation qui n'attend pas d'autre réponse que oui. Une forme d'angoisse en guise d'introduction. Peut-être est-ce pour cette raison qu'elle est si souvent hurlée par des chanteurs qui entrent en scène : « ÇA VA ? » Un aveu criant de sincérité sur les doutes plutôt sensés qu'ils ont de leur légitimité à être ainsi adulés pour si peu. Troubadours dont le talent s'avère en général inversement proportionnel au volume vocal qu'ils utiliseront pour poser la question. N'ayant pas suffisamment de coffre pour répondre à Amandine avec l'enthousiasme assourdissant d'un public en délire, je me contentai d'une repartie plus laconique :

— Très bien, et toi ?

— Je voulais te parler, au sujet de Framboise.

— Tiens donc ?

— Je veux être transparente avec toi. Hier, quand nous sommes descendues dans les calanques, elle m'a embrassée et je t'avoue que je n'ai pas su résister.

Mon expérience de médecin m'a appris que, pour éclaircir une situation confuse, il vaut mieux accompagner un mensonge que le mettre en doute. La suspicion bloque toutes les portes, l'affabulateur se recroqueville. Alors que les contradictions se révèlent d'elles-mêmes quand la parole se sent libre, la vérité a ainsi plus de chance d'éclater. Je ne montrai donc rien de ma surprise, bien au contraire, je relançai :

— Ça ne m'étonne pas que Framboise ait fait ça ! Tu es tout à fait mon style, je comprends donc que tu sois aussi le sien.

— Ah, d'accord, je vois ! Entre vous, c'est l'amour libre.

— Parce que tu préfères l'amour prisonnier ? Déformation professionnelle ?

— Ça, c'est malin… J'espère en tout cas que, dans votre si belle osmose de couple, tu ne l'as pas mise au courant pour nous deux. Si Angelo apprenait quoi que ce soit un jour, il pourrait très mal réagir.

— Non, je ne lui dirai jamais rien à notre sujet. Et c'est mieux ainsi, crois-moi.

— Je préfère !… Vous vous êtes bien choisis, elle et toi. Séducteurs l'un et l'autre. Doués pour embrasser. Champions pour me faire succomber.

— Elle ne t'a pas proposé un plan à trois au moins ?

— Non !... Déjà que c'est la première fois que je me laisse faire par une femme.

— Eh bien, pour moi aussi, c'est une première. Aucune maîtresse ne m'avait jamais trompé avec ma compagne.

— Tu n'y es pas ! C'est ta compagne qui te trompe... avec ta maîtresse, c'est très différent.

— Tu as raison !

Momo cria que la commande était prête. Je me séparai d'Amandine qui me fit la bise avec trop de sensualité pour saluer une simple connaissance, me susurrant au passage à l'oreille :

— Tu sais que ta femme est très belle ?

— Je ne l'ignore pas.

— Alors qu'est-ce que tu me trouves ?

— D'autres talents.

— Ha, ha ! On se voit bientôt ? J'ai un peu mal partout.

— Prenez rendez-vous et je saurai vous recevoir, madame.

Elle fit un pas pour s'éloigner et revint vers moi :

— Tu es certain que Framboise ne sait rien ? Je t'avoue que je me suis demandé si son petit manège avec moi, ce n'était pas pour te tendre un piège.

— La suspicion ! Encore un tic du métier ?

Elle fit volte-face en haussant les épaules.

Je repartis au cabinet avec, dans mon sac, un kebab que je n'avais pas l'intention de manger et, dans la tête, un paquet de questions qui me brûlaient les lèvres. Qui avait décidé d'embrasser l'autre ? Laquelle des deux me mentait ? Si c'était la policière, quelle intrigante ! Et si c'était Framboise, avec quel objectif ? Était-il possible que je connaisse si mal celle dont je partageais la vie ?

Aussi mal qu'elle me connaissait, en fin de compte. Je n'avais jamais imaginé qu'une telle symétrie soit possible et qu'elle puisse cultiver un jardin aussi secret que le mien. Mais rien ne l'empêchait. Notre attirance irrépressible pouvait-elle provenir de ce point commun occulte ? Son honnêteté, sa candeur, sa franchise n'étaient-elles que des qualités de façade, comme ma mansuétude en était une ? Était-il possible qu'elle ait caché son jeu autant que moi et qu'une totale inconnue se dissimule derrière un masque trompeur complètement invisible ? Celle que j'aimais par-dessus tout depuis tant d'années n'était-elle qu'un simple mirage ? Qu'allais-je découvrir et serais-je encore capable de la même passion pour celle qui maquillait peut-être davantage son esprit que ses traits ? La transparence qu'elle me jouait n'était-elle destinée qu'aux apparences afin de mieux travestir la vérité ? Je n'eus, cet après-midi-là, aucune patience envers mes patients.

XIV

Impossible de fermer la consultation avant 20 h 45. Inutile de foncer, je savais que Gabriel dormirait et que je raterais encore une fois le moment délicieux du câlin du soir. Il faudrait me contenter de lui déposer un bisou sur le front dans son sommeil. Je pédalais donc nonchalamment en échafaudant mille stratégies pour tirer au clair l'histoire qui me préoccupait.

Je rangeai mon vélo dans la cave et refermai la porte d'entrée sans avoir rien arrêté. Il était pourtant impératif d'élucider le problème. Laquelle des deux était la tricheuse ? Laisser une policière me manipuler, pour des raisons que j'ignorais, pouvait me coûter cher. Laisser Framboise me raconter n'importe quoi, sans connaître ses motivations, n'était pas plus envisageable, malgré mes sentiments. Négliger les raisons qui la poussaient à me balader comportait un risque. Infime sans doute. Il ne fallait pas le minimiser pour autant. Soupçonner, c'est parfois rendre grâce à l'intelligence de l'autre, en admettant qu'il soit capable de bien pire que ce que l'on aurait pu supposer. Certains ressassent que l'amour rend aveugle, il me rendrait plutôt vigilant à l'extrême. Le coup porté par celui que l'on adorait est fatalement plus profond et humiliant. Donc doublement douloureux. Faire semblant de croire Framboise, cela ne représentait aucun danger et je pouvais m'en accommoder. J'admettais, ô combien, qu'elle puisse éprouver le besoin de me cacher un certain nombre de choses pour ressentir davantage l'intensité de l'existence. Je n'allais pas lui reprocher cela. En revanche, je ne pouvais me permettre de faire l'impasse sur les motivations de son éventuel mensonge. Voilà ce que je devais absolument découvrir.

Ça sentait bon, Framboise avait préparé le dîner. Assise dans le canapé, elle écoutait « The Sun Died » enregistré en live par Ray Charles à la salle Pleyel. Elle ne tourna pas la tête vers moi, contrairement à l'habitude. Je posai ma veste sur une chaise et vins m'asseoir près d'elle. Elle pleurait, comme il est normal de pleurer en écoutant cette chanson et cet interprète ; mais un peu plus encore. Elle se contenta de se pencher tendrement pour appuyer son épaule contre la mienne, sans un mot. À la fin de la chanson, elle me regarda avec son visage d'ange et ses yeux de panda dessinés par un rimmel pas waterproof pour un sou. Je ne l'avais jamais vue dans cet état et, soudain, l'idée que tout s'arrête ici entre nous, maintenant, me tétanisa.

— Victor ! Je m'en veux. Je t'ai trahi. Je te jure que je ne l'avais jamais fait avant. Si tu me quittais, je ne m'en remettrais jamais.

Cette introduction, elle l'ignorait sans doute, me convenait plutôt. Ouf, je respirais ! C'était elle qui craignait de me perdre ? Voilà que, du vide de la peur, je m'envolais dans l'apesanteur du soulagement. Mais quelle forfaiture si grave pouvait justifier qu'elle redoute à ce point que je l'abandonne ? Je lui passai la main dans les cheveux sans interrompre, par aucune question, le discours qu'inévitablement elle ruminait depuis plusieurs heures :

— Je t'ai raconté qu'Amandine m'avait embrassée. Eh bien, ce n'est pas vrai… C'est moi qui l'ai fait. Tu ne devines pas pourquoi ? Parce que j'étais jalouse ! Je sais ce que tu vas me répondre : que je suis plus belle qu'elle, que tu m'aimes… Mais elle est plus attirante !… Ne me dis pas le contraire. On sent que, elle, elle a été aimée depuis toujours. Elle dégage de l'assurance, elle est pulpeuse, fière de son corps, ça la rend sensuelle. J'ai bien vu qu'elle te plaisait autant qu'elle m'impressionnait. J'ai voulu essayer de lui voler une partie de son assurance, d'être la plus forte. Je ne suis pas aveugle, j'ai tout de suite compris que vous n'étiez pas insensibles l'un à l'autre… Tu ne me demandes pas comment ? Parce que vous évitiez de vous regarder, justement. Alors dans la crique, je me suis dit que je ne voulais pas être étrangère à votre histoire que je voyais arriver grosse comme une maison. Je n'avais jamais embrassé de femme auparavant. J'ai agi par impulsion. C'était animal, pour ne pas subir, pour inverser la tendance, devenir maîtresse de la situation… Même si j'ai honte de t'avoir menti, j'ai découvert que, pour te garder, je pourrais tout faire. Même des choses que je croyais impensables !

Framboise ne bougeait plus. Elle fixait la bougie allumée avec le regard éteint du coupable qui attend la sentence. En laissant couler ses larmes silencieusement. Je me levai et revins avec la boîte de Kleenex qu'elle plaçait sous le meuble télé, abonnée qu'elle était aux films romantiques qui nécessitent des épongeages fréquents.

— Alors ! Tu ne dis rien ? Tu m'en veux tant que ça !

— Non, pas du tout. Tu as très bien analysé le contexte. Amandine me plaît beaucoup.

— C'est vrai ?

— Mais elle me plaît surtout depuis que tu m'as parlé de sa façon de ne pas me regarder et de cette attirance que tu percevais. Depuis que tu l'as embrassée. Depuis que tu m'as dit que tu préférais une aventure à trois plutôt que sans toi. Depuis que tu prétends être capable de tout pour me garder. Prouve-le. Sinon, tu m'auras menti deux fois.

Les larmes de Framboise se tarirent immédiatement. Son visage, qui quelques secondes plus tôt évoquait la tristesse, se mua en celui d'une invincible guerrière. Elle me prit par la main et m'entraîna dans la salle à manger où la table était magnifiquement dressée, comme si elle avait prévu sa victoire. À peine assis, d'un geste elle m'ordonna de lui servir un verre du vin blanc de Cassis Domaine du Paternel, qui nous attendait au frais dans le seau à champagne. Elle en but une gorgée tout en me fixant telle une lionne qui se délecte à l'avance de la proie qu'elle a capturée et qu'elle va bientôt dévorer. Alors elle se leva, vint à ma hauteur et, se penchant vers moi, elle m'embrassa, laissant filtrer entre ses lèvres le doux breuvage pour le partager. Puis, plus vamp que jamais, m'annonça :

— Concernant notre soirée à trois, je m'occupe de l'invitation.

Je ne savais pas trop à quoi elle jouait. Au lieu de respecter les usages qui auraient voulu que nous dégustions la salade de tomate mozzarella chacun à notre place, elle approcha une chaise de la mienne, fit glisser le plat jusqu'à nous, piqua un morceau de fruit rouge et le mangea goulûment, sans se soucier des gouttelettes d'huile qui pleuvaient dans l'échancrure de son corsage. Se collant contre moi, plus entreprenante que simplement câline, elle se mit à me nourrir autant de mets que de baisers. À chaque bouchée, elle me dévorait davantage et me susurra :

— Tu verras, je saurai toujours te surprendre, plus encore que tu ne l'imagines.

Poursuivant ce repas dédié à tous nos sens, bientôt elle me chevauchait. Petit à petit nos habits s'ouvraient, nos corps s'assemblaient, mêlant les parfums, les goûts et les textures. Elle nous guida ainsi dans cette orgie douce, intime, vers le délice final où la crème caramel et la jouissance composaient le duo des desserts.

Il n'était pas nécessaire que Framboise respecte le programme triangulaire qu'elle avait accepté pour me conforter dans la certitude qu'elle était la femme de ma vie. Voir sa jalousie s'exprimer de la sorte, sans invoquer à aucun moment l'obligation que j'aurais eue de lui rester fidèle, la désignait une fois encore comme l'élue absolue. Elle analysait les événements en partant systématiquement du principe qu'aucun de mes actes n'était destiné à lui faire du mal. Quand bien même elle devrait en souffrir. Y compris quand nos envies individuelles pouvaient paraître incompatibles avec le sentiment profond qui nous unissait. Je m'efforçais de lui offrir la réciproque, tout en essayant de lui prouver qu'elle avait raison de ne pas douter de moi. Elle ne me demandait pas de me contenir, je ne lui réclamais pas de se contrôler, considérant que nos épanouissements individuels servaient la plénitude de notre couple. Je recevais tellement de confidences au cabinet de maris ou femmes trompés qui s'attribuaient des droits et réclamaient des devoirs. Sans jamais se demander quels efforts ils avaient consentis pour construire une relation si forte, si satisfaisante, qu'elle permette d'exiger de l'autre l'exclusivité. Souvent dans les intransigeances des cocus se nichait la légitimité de l'adultère qu'ils subissaient. Celui-là, qui ne mettait jamais les pieds ni dans la cuisine, ni dans la buanderie, gueulait quand sa chemise n'était pas repassée, regardait le foot en jogging et crapahutait bobonne en cinq minutes, quand elle rêvait de *Fifty Shades of Grey*. Celle-là qui ne voulait jamais sortir, ne parlait gentiment qu'à son chien-chien, seul à être caressé. Uniquement obsédée par l'idée de traquer la poussière sans relâche, jusqu'à interrompre les rapports sexuels (qui survenaient par miracle six ou sept fois par an), pour glisser une serviette de toilette sous ses fesses, en prévision de « la » tache. Pourtant, lui comme elle se scandalisaient qu'un jour le conjoint s'envole ailleurs, histoire de vérifier s'il était possible d'échapper à cette vivante mort.

Ma relation avec Framboise répondait à des règles que nous avions définies elle et moi, pas à celles que dictent les pages « psycho » des magazines féminins et conduisent irrémédiablement à la débâcle. Des recettes qui s'appliqueraient à tous quand chacun est tellement particulier, spécifique ? Quel chimiste chercherait à obtenir une réaction identique en combinant deux entités chaque fois dissemblables et toujours différentes ? Framboise et moi échappions à cette tentative de modélisation. Ce qui nous convenait était sans doute hors du commun. Mais en découlait, au sens propre, un amour unique.

Je formulais ces pensées tout en pédalant vers le cabinet, au lendemain de notre chevauchée épique sur la table du salon. À chaque tour de roue, une certitude s'imposait davantage. Je devais célébrer plus clairement mon union avec Framboise. Cette soudaine prise de conscience me poussa à faire un petit crochet par la paroisse ; contrairement aux détours habituels, celui-ci me ferait gagner du temps dans ma trajectoire de couple.

Le père Fernand Chanterelle avait abandonné sa quête spirituelle. Plus précisément, on l'avait remercié. Confirmant ce que tout le monde savait, l'abstinence n'entrait pas dans le champ de ses compétences. Il assumait désormais sa préférence pour les plaisirs terrestres en élevant des jumeaux. Il avait mis la pagaille dans la vie d'une jeune femme de vingt ans de moins que lui, qui cherchait au départ à intégrer une communauté religieuse. « Elle voulait entrer dans les ordres, elle n'a obtenu que le désordre », plaisantait-on à La Ciotat en ricanant du souk que cette histoire avait semé dans l'existence de l'aspirante nonne.

Le successeur du défroqué, le père Charmotand, gérait son téléphone portable et son planning comme l'attaché de presse d'une super star. En l'occurrence, on ne pouvait lui contester qu'il servait les intérêts de la plus notoire des célébrités. Depuis la dissolution des Beatles, plus personne n'avait jamais osé comparer sa popularité à celle du Christ. Quand vous lui laissiez un message, le prêtre vous rappelait peut-être ; ou quinze jours plus tard. Quand il avait besoin de vous à l'inverse et pour la moindre bobologie, il vous harcelait jusqu'à obtenir un rendez-vous dans le quart d'heure. Ce n'est qu'à ce moment-là qu'il était possible de le coincer pour tenter de l'intéresser un peu à vous. Il avait en fin de compte, comme nombre de ses semblables, plus de facilités à suivre les préceptes païens que ceux de l'Église, respectant à la lettre l'adage qui veut que charité bien ordonnée commence par soi-même.

Deux minutes après avoir sonné, la bonne du curé, Yvette Pastou, bigote d'âge canonique au pas d'escargot, m'ouvrit la porte. Je connaissais bien cette patiente assidue, avec son accent de Marseille tellement prononcé qu'on se demandait s'il était véritable. Mlle Pastou distribuait les gentillesses ou les méchancetés, selon l'importance de la fonction de son interlocuteur. Elle comptait sans doute racheter devant Dieu cette bassesse (et les autres) en effectuant gratuitement le ménage et le secrétariat du presbytère.

— Hé ! Bonjour, docteur ! Vous êtes bien matinal, vous voulez voir le père ? En ce moment il reçoit pour les obsèques de M. Favelli, le pôvre... 68 ans. Vous vous rendez compte ? Un rhume mal soigné, et hop, le grand froid pour l'éternité ! Misère. Moi, de toute façon, je l'aime pas trop, le docteur Mouron. Déjà ce nom, pour un médecin, ça dit rien qui vaille, vous pensez pas ? Je l'avais pourtant prévenu, Favelli. Va plutôt voir Baunard. Il a rien voulu entendre et c'est plus maintenant qu'il entendra quelque chose... Enfin. Allez entre midi et deux à Notre-Dame de l'Assomption si vous pouvez. Le père Charmotand prépare la célébration de dimanche avec la chorale. C'est d'accord ? Je lui dis que vous êtes passé.

— Très bien, merci.

Il aurait été admirable que la logorrhée de cette drôle de secrétaire fût un stratagème guidé par la légendaire discrétion paroissiale. Sa conversation à sens unique aurait pu servir de rempart au désir coupable de ma curiosité. Comme elle me laissait repartir en ignorant jusqu'au motif de ma visite, il fallait admettre que son verbiage cachait plutôt une bêtise insondable. Son salaire de bénévole correspondait à la valeur réelle de ses compétences. Zéro pointé. Yvette Pastou avait de la constance, sa stupidité dans le travail se poursuivait en dehors, jusque sur ma table d'auscultation. Ce moulin à paroles arrivait avec ses certitudes et repartait avec son ordonnance, sans avoir rien écouté. Tellement persuadée de toujours tout savoir qu'elle pouvait parfaitement commencer à traiter une mycose avec des corticoïdes. Je la recevais alors en urgence après les complications qu'entraînait cette automédication contre-productive et proliférante. Il ne lui restait plus qu'à supporter les doses de cheval d'antimycotiques que je devais lui administrer pour corriger les effets dévastateurs de son erreur de diagnostic. Résultat, elle se soignait en y laissant sa santé, avec l'intime conviction de s'éloigner du trou dont elle se rapprochait. Alors que je prenais congé, elle me tendit sa main que je savais moite et molle. Je prétextai une épidémie de gastro pour ne pas la lui serrer.

À 13 h 50, je terminais à peine mes consultations de la matinée. Celles de l'après-midi recommençaient à 14 heures. Personne en salle d'attente pour le moment. J'en profitai, tant pis. Je fermai la porte et dévalai la rue des Poilus sur ma bicyclette en direction de l'église. Les patients attendraient. J'avais déjà sacrifié mon déjeuner, je ne pouvais pas déléguer tout mon temps aux malades et oublier sans arrêt ma vie privée d'homme en bonne santé. Les questions que je désirais poser au père Charmotand engageaient mon avenir et mon bonheur.

Sur le parvis, devant Notre-Dame de l'Assomption, je croisai les trois derniers petits chanteurs de la chorale qui quittaient les lieux. En ce mercredi après-midi, l'église était déserte, pas la moindre grenouille de bénitier, mais surtout aucune trace du prêtre. Était-il déjà parti ou dans une annexe ? J'aurais pu le héler, mon degré de croyance ne m'inspirant aucune crainte quant aux éventuels châtiments de cette irrévérence. Les lieux de culte demeurent un des rares endroits où l'homme s'incline et parle bas, quand le reste du temps il bombe le torse et pérore à tort et à travers. C'est cet ordre des choses que je choisissais de respecter. Au nom de la sacro-sainte humilité. J'écoutai la bonne parole du silence. Après avoir contourné la nef, je ne vis personne. Pas plus que dans la chapelle latérale. La porte de la sacristie étant demeurée entrouverte, j'y passai la tête. Un enfant d'une douzaine d'années se trouvait agenouillé face au prêtre. Mais il ne priait pas. Benoît Charmotand, les yeux levés vers ciel, connaissait l'extase, sans invoquer le Seigneur. C'était obscène. Je reculai d'un pas. Et frappai vigoureusement à la porte tout en restant derrière, pour interrompre l'indécente pornographie, sans révéler que j'en avais été spectateur.

— Benoît, vous êtes là ?

Affolé, l'homme d'Église abaissa sa chasuble. Il pouvait espérer que je n'avais rien vu, il ne pouvait pas raisonnablement croire que je ne me doutais de rien. Sa gêne manifeste en attestait. Sermonnant le pauvre gamin qui ne comprenait plus rien, il se lança dans l'improvisation d'une scène ridicule qui ajoutait le pathétique à l'ignominie. Sans parvenir à sauver les apparences :

— Tu comprends, Maxime, pourquoi je suis mécontent et que je te demande de prier à genoux pour expier tes fautes ? Il faut que tu chantes plus en place et... Entrez, entrez, docteur, j'en ai terminé avec lui ! Et surtout que tu saches par cœur ton *Ave Maria*... Allez, lève-toi et file, mon grand. Et à mercredi prochain. Quelle bonne surprise de vous voir, mon cher...

— Je peux vous laisser, si vous avez besoin de plus de temps ?

— Pas du tout, pas du tout. J'en ai fini. Si je ne suis pas un peu sévère, ils ne travaillent pas. Dites-moi ce qui vous amène.

La jeune victime avait ramassé ses affaires à la hâte et s'apprêtait à sortir, je l'interpellai :

— Excuse-moi ! Tu es bien Maxime Laroche, le fils d'Émeline et Edmond ?

— Oui, monsieur !

— Tu salueras chaleureusement ta mère et ton père de ma part !... Docteur Baunard.

— Oui ! Je sais, je vous reconnais.

— C'est le week-end prochain que vous devez venir déjeuner ? C'est ça ?

— Oui, je crois...

— Tu sais que c'est grâce à ton père que j'ai acheté ma maison. C'est le meilleur notaire du département. Surtout tu n'oublies pas, hein ! ... Docteur Baunard.

Maxime tourna les talons, aussi penaud que s'il avait été coupable de quoi que ce soit. Était-il paniqué à l'idée que je parle à ses parents si jamais j'avais été témoin de quelque chose ? Ou au contraire que je ne parle pas ? Que jamais personne ne le libère du joug de la perversité adulte ? Constatant que je connaissais très bien la famille du garçon, le degré d'angoisse du prêtre avait atteint son paroxysme. Ses doigts tapotaient nerveusement l'accoudoir du prie-Dieu. Il me parlait comme si j'étais le bienvenu, mais me regardait comme s'il voulait que je disparaisse. Que faire ? Je n'avais pas de preuves : si j'abordais le sujet, il allait nier et se refermer comme une grosse moule qu'il était. Je décidai de lui poser tout d'abord la question pour laquelle j'étais venu. Concernant le reste, j'aviserais plus tard.

— Benoît, je viens vous voir, car j'aimerais savoir comment cela se passerait pour Framboise si elle désirait se marier à l'église, compte tenu de sa situation que vous connaissez. Et si vous accepteriez de… ?

— Oh ! Mais quelle bonne nouvelle ! Framboise est veuve, un certificat de décès suffira. Elle a un enfant avec vous, qui est né de l'amour, c'est formidable. Si vous saviez la joie que cela me procure de vous unir !

— Attendez, ce n'est pas acquis, je ne lui ai même pas encore fait ma demande…

— Un homme tel que vous ! Comment pourrait-elle refuser ?

Cet hypocrite me pommadait de son estime, histoire de diluer sa faute dans ma vanité. Le simple fait qu'il ose évoquer mon enfant dans la situation que je venais de découvrir parachevait le sordide. En surjouant la joie et l'allégresse sur un ton doucereux, pensait-il échapper à mon jugement ? Il me servait la partition sirupeuse des dévots qui transpirent de sournoiserie et de frustration. Pourtant le messager de Dieu, habitué à abuser de son influence, était convaincu de parvenir à m'embobiner ; son pouvoir de prêcheur l'ayant jusque-là toujours sauvé de ses travers de pécheur. On n'incrimine pas si facilement un homme qui porte la Parole divine. Il devait me trouver d'une lâcheté infinie de ne rien dire, de faire comme si… Pour ma part, je m'étonnais de réussir à cacher mon écœurement avec tant d'aisance. Si je voulais en apprendre davantage sur ses agissements, obtenir éventuellement des preuves, il fallait qu'il se méfie le moins possible. Je pensais à Gabriel, au monstre en face de moi. Je chassai immédiatement les images qui tentaient de s'imposer à mon esprit. J'aurais voulu commettre sur-le-champ l'irréparable, envoyer ce Tartuffe rejoindre le Seigneur qu'il prétendait tant aimer et représentait si mal. Au moment de partir, une idée me vint. Sans lui lâcher la main qu'il m'avait tendue pour me saluer, je me mis à le fixer intensément. À hésiter. Comme si je cherchais dans son regard la force de parler :

— Que se passe-t-il, docteur ?

— Avant de me marier, avant même d'en faire la demande, il faudrait que je me libère de certaines choses pesantes qui alourdissent ma conscience. Accepteriez-vous d'être mon confesseur ?

Benoît Charmotand reprit des couleurs. Il proposa de me recevoir le lundi suivant. Il pensait que bientôt il me tiendrait à sa merci. Qu'il en saurait autant sur moi que j'en avais peut-être découvert sur lui aujourd'hui. Il était en deçà de la réalité. Il allait en apprendre de belles.

XV

Devant la porte, trois personnes m'attendaient. Il était près de 14 h 30, je me sentais mal à l'aise, moi qui me targuais d'ordinaire de ma ponctualité. Fort heureusement, on ne reproche jamais à un médecin de ne pas être à l'heure. Une urgence ? Un arrêt cardiaque ? Un AVC ? Son retard est perçu comme un acte de bravoure. Personne n'osera lui demander la moindre justification. Le respect du secret médical que l'on exige pour soi-même entérine celui qu'il accorde aux autres. Mon discret auditoire me plaignait même de n'avoir qu'un pauvre sandwich en guise de repas, preuve de mon abnégation. En fin d'après-midi, j'avais pratiquement rattrapé le temps perdu, quand je découvris qu'Amandine désirait une nouvelle fois consulter sans rendez-vous. De surcroît, sa manie de doubler tout le monde perdurait.

— J'en ai vraiment pour deux minutes, docteur, c'est seulement pour un complément d'information au sujet de l'enquête en cours...

Je m'excusai platement auprès de Mme Lavergne et son fils, ainsi que de M. Lecanu, tandis que la représentante de la loi m'avait déjà précédé dans mon cabinet.

En restant habillée. Elle semblait cette fois plus inquiète que disposée à des jeux érotiques.

— Je viens te voir, en coup de vent. Ta femme m'a appelée !

— Et c'est grave ?

— Je ne sais pas ce qu'elle cherche exactement. J'ai l'impression qu'elle veut en savoir plus sur nous.

— Qu'est-ce qui te laisse penser ça ?

— Elle voudrait que je vienne dîner chez vous sans Angelo.

— Je crois que, décidément, tu ne lui déplais pas du tout.

Ce disant, je m'étais collé contre elle. Je glissai ma main dans son pantalon. Non avec l'intention de déclencher de plus longs ébats. Uniquement pour y puiser l'odeur de son sexe et la conserver au bout des doigts. Prolonger le souvenir de son passage m'aiderait à échapper à la morosité d'une fin d'après-midi qui promettait une succession de consultations routinières. Un parfum de lubricité destiné à surmonter l'ennui.

— Amandine ! Les parties à trois ou à quatre, ce n'est pas dans nos habitudes. Cela ne nous est jamais arrivé. Framboise ne sait rien pour nous. Elle croit seulement avoir discerné que je te plaisais.

— Elle n'a pas tort…

— Et par-dessus le marché tu l'attires. Tu es, à ma connaissance, l'unique femme depuis sa naissance qui lui ait fait de l'effet. Je pense que c'est l'opportunité de passer un bon moment ensemble, ne serait-ce que pour dîner.

— J'avais l'impression qu'elle me tendait un traquenard.

— Si c'en est un, il sera doux. Je te le promets.

En guise de réponse et d'au revoir, elle enfourna sa langue dans ma bouche, m'empêchant d'argumenter davantage. Je n'avais plus la moindre envie de reprendre le travail.

Pour me remettre les idées en place, avant de recevoir les « doublés de la salle d'attente », je consultai le dossier de Benoît Charmotand. Effet garanti, à la simple évocation de son nom, toute forme de libido s'évanouit. Y avait-il quoi que ce soit sur sa fiche qui aurait pu m'alerter sur ses pratiques pédophiles ? Un détail qui avait échappé à ma perspicacité ? Rien, à part une allergie sévère aux arachides, aux crevettes et une intolérance aux fruits de mer.

Il fallut donc me résoudre à recevoir Mme Lavergne et son fils. Elle appartenait à la catégorie de ces mères dont il est plus prudent de se tenir à l'écart, si on n'a pas le courage de s'en débarrasser. Tout chez elle disait la rigidité. La silhouette, la toilette, le serre-tête, les lunettes. Dans les beaux quartiers de Versailles, cette gentille alouette serait passée inaperçue. Mais à La Ciotat son déguisement de bourgeoise devenait aussi incongru qu'une escalope milanaise dans une soupe de poisson. Le fils, bien coiffé, bien étriqué, bien étouffé, ne choisissait pas ses vêtements. Cela sautait aux yeux.

— Bonjour, madame ! Vous venez pour le fiston, je présume ? C'est la première fois que je le vois, il me semble.

— Oui ! Son père amenait Éric chez un autre praticien, mais le problème ne s'arrange pas.

— Quel est donc ce problème, mon grand ?

— J'sais pas, m'sieur…

— Le problème, docteur, c'est qu'Éric était un enfant adorable et qu'il est de plus en plus difficile depuis la rentrée.

— OK ! Éric, tu as quel âge ?

— …

— Tu pourrais répondre quand même !… Il a 10 ans et demi.

— C'est un peu tôt pour une crise d'adolescence. Vous êtes séparée du père ? C'est récent peut-être ?

— Nous sommes séparés depuis huit ans et nous nous entendons fort bien.

— Sinon, un changement ces derniers temps, un décès dans la famille, un nouvel instituteur un peu sévère, du surmenage ?

— Non, non, rien de tout ça…

— Éric ! Tu as peut-être quelque chose à me dire, toi ?

— …

— Vous voyez, docteur, Éric était un enfant qui parlait beaucoup, qui racontait ses journées, qui obéissait, qui adorait le sport, la musique, lire et, tout d'un coup, plus rien.

— Tu es d'accord avec ce qu'explique ta maman, Éric ?

— …

— Et le pire, c'est le mercredi, il est intenable !

— Pourtant nous sommes mercredi, et je ne vois qu'un enfant très calme. Même un peu trop.

— Eh bien, je vous promets que tout à l'heure, juste avant la chorale, c'était le diable en personne.

— La chorale, vous dites ?

— Oui, lui qui adorait chanter, maintenant pour qu'il aille aux répétitions de la paroisse c'est la croix et la bannière. Je l'ai prévenu : tu es inscrit, tu finis l'année, en septembre prochain, nous verrons si tu veux toujours arrêter…

Voilà que j'étais victime des lois de synchronicité. Je déteste ces hasards de l'existence qui voudraient nous faire à croire en la possibilité d'une entité suprême. De ce genre de superstitions naissent la résignation, l'acceptation, la peur, la foi. Pris dans cette perversion de la pensée, on finit par courber l'échine autant que Mme Lavergne qui subissait son destin au lieu d'en décider. Elle s'était muée en marionnette dirigée par ceux qui prétendent agir au nom d'intérêts supérieurs. Dont Benoît Charmotand. Pauvre femme que l'aveuglement conduisait à sacrifier son propre fils. La justice, la police, la religion, les médecins, le corps enseignant avaient, selon elle, toujours raison. La docilité désarmante avec laquelle elle obéissait aux règles que dictaient ces institutions en faisait la proie idéale. D'ailleurs, malgré son divorce, elle plaçait encore les valeurs de la famille traditionnelle au-dessus de tout. Pas rancunière pour un sou.

— Madame, si vous voulez bien, je vais m'entretenir en tête à tête avec votre fils. Il y a certaines choses que l'on ne raconte pas devant une maman. Et comme votre principal souci est qu'Éric aille mieux, je pense qu'il pourra plus facilement se libérer d'un éventuel poids lors d'un entretien privé. Retournez en salle d'attente, je vous appellerai.

Je vis naître dans le regard du garçon une peur panique de se retrouver seul avec moi. La mère, toujours prête à écouter la voix de la hiérarchie quelle que soit la demande, se conforma sans hésiter à ma suggestion. Dès qu'elle eut refermé la porte, je cherchai à déstabiliser le jeune Éric pour en apprendre le plus possible sur ce qui m'intéressait :

— C'est la chorale que tu n'aimes pas ou le père Charmotand ?

Il resta muet. Mais dans son attitude, je compris immédiatement que j'avais visé juste. Son visage éteint, craintif, s'était animé. Il hésitait. Devait-il se sentir en confiance et se dévoiler ? Quelles seraient les conséquences ? Ou alors étais-je en train de le manipuler pour le tenir à ma merci ?

— Si c'est la chorale qui te déplaît, je ne peux rien faire pour toi. En revanche, si c'est le père Charmotand, je peux t'aider.

— ...

— Par exemple en te délivrant un certificat médical pour que tu n'y retournes pas. Mais il va falloir me parler.

— ...

— Et je ne répéterai rien à ta mère, c'est promis. Tu sais que quand un médecin promet, il a prêté un serment qu'il est obligé de respecter et donc tu peux avoir confiance.

— ...

— Bon, ben, si tu n'as rien à ajouter, je vais rappeler ta mère alors...

— Le prêtre aussi, il a prêté sermon. Mais il ne le respecte pas.

— C'est-à-dire ?

— Eh bien, il n'arrête pas de toucher les enfants et il n'a pas le droit.

— Ça c'est vrai, il n'a pas le droit.

— Il nous promet des choses qu'il ne fait pas, aussi. Comme de l'argent, par exemple.

— De l'argent pour te toucher ?

— Pas moi, mais un copain. Moi, je veux pas mais pourtant il m'embête quand même. À mon copain il lui fait croire qu'il va lui donner des sous et souvent il le fait pas. Mais parfois oui.

— Ton copain, c'est Maxime Laroche ?

Estomaqué, le petit Éric Lavergne se demandait comment je pouvais être au courant de tant de choses que personne n'était censé connaître. Il me raconta par le menu les gestes déplacés du prêtre, les chantages, les menaces, l'attirail des dégueulasseries. Comment on accédait au statut de chanteur solo si on se montrait gentil. Ou être relégué au fond du chœur dans le cas contraire. Et la culpabilité. Et Dieu. Et les parents qui faisaient confiance malgré tout ce qui se sait et tout ce que l'on entend. Quand je demandai à la mère de revenir, je m'étais mis d'accord sur un protocole avec le fils. Je le dispensais de chorale. En échange, il modifiait son comportement avec ses parents. Et je prévoyais de le revoir prochainement pour qu'il me raconte, peut-être, des choses qu'il aurait oublié de me dire.

— Voilà, madame Lavergne. Éric souffre d'une légère dysphonie tout à fait bénigne qui n'a pas de répercussion au quotidien, mais n'est pas compatible pour l'instant avec le chant.

— Ah, bon ? Lui qui aimait tellement la chorale, il ne peut plus y aller alors ?

— C'est exactement ça. Vous revenez avec lui dans une quinzaine de jours, que l'on fasse un petit bilan de l'évolution. Je pense que c'est ce léger désagrément qui le rendait nerveux. Nous ferons le point à ce moment-là.

Ce n'était plus le même garçon qui sortit de ma consultation. Celui-ci semblait épanoui. La mère, toujours disposée à croire aux miracles, me plaçait assez haut dans la hiérarchie des humains aux pouvoirs surnaturels.

Le samedi suivant, Framboise avait confié Gabriel à la mère d'un de ses copains d'école pour la fin de la journée et la nuit. Tandis que je pataugeais dans la compta du cabinet, ma tendre compagne n'avait pas un instant cessé de préparer le dîner et de se préparer elle-même. Après s'être occupée du repas, elle était montée dans notre chambre. En passant devant la porte entrebâillée, je constatai que notre lit était recouvert d'un édredon de vêtements et de sous-vêtements. De cet amas entremêlé Framboise venait d'extraire les lauréats de la soirée. Une guêpière blanche et une robe lilas de star, c'est-à-dire aussi raffinée que décolletée et transparente. Je retournai à mes affaires sans parvenir à avancer, ma concentration sur le logiciel de gestion étant devenue inversement proportionnelle à l'excitation qui m'envahissait. J'étais désormais obsédé par le cliquetis de ses talons sur le carrelage du couloir. Je savais qu'elle faisait exprès de passer et repasser devant mon bureau, espérant m'attirer hors de ma tanière. Elle éprouvait sur moi la puissance de son magnétisme. Ce n'est que par calcul que je résistais, elle le savait. Elle connaissait ma capacité à contrôler mes pulsions pour démontrer que je demeurais le maître. Les effluves de son parfum me réduisaient pourtant à l'état de larve décérébrée. Du fauve dominateur que je voulais paraître, il ne demeurait pratiquement rien. Le pelage à la rigueur, tout le reste avait été vidé. La frustration œuvrait comme un taxidermiste. Pour entretenir l'illusion, le repli était mon seul salut. Je fermai ma porte à clef.

À 20 h 30, Amandine sonna. Elle arriva dans une robe fourreau noire en dentelle qui ne laissait guère d'ambiguïté sur ses appétences. Je me demandai dans quelle histoire périlleuse je m'aventurais. Framboise venait de lui ouvrir. Au centre de l'entrée, elles se tenaient les mains, bras tendus, se détaillant de bas en haut, le sourire déjà complice et les yeux pétillants de gourmandise. Chacune se délectait de la beauté de l'autre, avec toute l'intensité dont un regard est capable.

Un peu en retrait, j'assistais au spectacle de ce préliminaire subtil, de l'accord tacite qui se jouait sous mes yeux. Dans une coordination étourdissante, sans que le moindre signe préalable ait anticipé l'instant, elles s'approchèrent et se donnèrent un baiser délicat. Aucune hésitation, aucun tâtonnement, elles agissaient guidées par la magie d'une connivence surnaturelle, puisqu'elle ne pouvait découler de la métronomie des habitudes. Puis Framboise attira Amandine vers le canapé du salon et m'invita à ouvrir la bouteille de Drappier qui patientait dans le seau à glace. Framboise aimait ce champagne parce qu'il était le préféré du général de Gaulle. Très mauvaise raison qui en vaut d'autres tout aussi douteuses, mais qui augmentent la fortune de quelques maisons de marques surcotées. Exceptionnellement, devant la sensualité du tableau qui se dessinait, je m'abstins ce soir-là de l'imitation du Général que je maîtrisais relativement mal. Cela avait cependant d'ordinaire le don de faire rire Framboise. Je servis les coupes avec le sérieux de rigueur et la retenue adaptée à une situation où le comique n'avait pas complètement sa place.

Les conversations anodines du dîner ne furent qu'un prétexte à faire languir nos désirs. Les deux femmes riaient pour un rien, se caressaient la main ou l'épaule à la moindre occasion. Saumon mariné, pommes de terre rattes, salade verte et fraisier. Les plats eux-mêmes n'étaient qu'alibis alimentaires, détournant l'attention du sujet principal afin de le rendre moins prégnant. L'érotisme est l'art de faire oublier que le sexe est le seul objectif. Les effets additionnels du Capfinada Château La Croix Martelle firent céder dès la fin du repas le fragile fil de soie qui retenait encore les inhibitions. Amandine et Framboise retournèrent dans le canapé pour s'y livrer cette fois à des ébats plus francs et approfondis. Je me resservis un verre de rosé en me contentant d'admirer la chorégraphie.

Bien entendu, j'aurais pu m'inviter dans cette partition comme un instrument complémentaire. Je n'en faisais rien. Le duo qui officiait devant moi ne m'apprenait pas grand-chose des envies de l'une et de l'autre que je connaissais. Mais la confiance que ces femmes me témoignaient en me dévoilant sans appréhension une nouvelle intimité me touchait. J'étais tiraillé entre deux perceptions ambivalentes. L'une, prévisible, de puissance. L'autre, plus inattendue, de déception. Je les regardais se prendre avec la bouche, avec les doigts, sans y ressentir beaucoup plus de satisfaction qu'en zappant par inadvertance un samedi soir sur le porno de Canal +. Il fallait que je m'accroche, que je mesure ma chance d'accéder au privilège des premières loges. Ne parvenant pas à être emporté par le spectacle, je l'analysais. Je découvrais Framboise entreprenante, crue, presque virile. Était-elle dotée d'un sixième sens pour avoir perçu instantanément le besoin de soumission d'Amandine ? Comme elles cherchaient l'une et l'autre à m'associer à leur petite décadence, m'accordant régulièrement un regard, chacune de leurs caresses semblant vouloir satisfaire le public que je représentais, je décrochai à nouveau. Les poncifs du film X reprenaient le dessus. Je m'éclipsai pour aller chercher une bouteille de champagne, espérant peut-être trouver l'ivresse ailleurs. Quand je revins, une dimension qui m'avait jusque-là échappé renversa mes sens. L'odeur de leurs sexes. J'étais si proche d'elles que les effluves qui me parvenaient avaient un goût. Je plongeai alors dans un domaine suspendu au-dessus des réalités, envoûté par une sorcellerie où réfléchir n'existe plus. Avaient-elles deviné que j'étais emporté ? Elles venaient mutuellement de se bander les yeux avec les serviettes de table, peut-être pour devenir similaires et indifférenciées. Peut-être parce qu'elles subodoraient que la vue peut annihiler les images que la tête est capable d'inventer. Framboise choisit de me rejoindre sur le fauteuil et s'assit sur mes genoux. J'écartai ses jambes, chacune reposant désormais sur un des accoudoirs. Ainsi ouverte à nos attentions multiples, celles de mes mains, et celles des doigts et de la bouche d'Amandine, je sentis le corps de mon amoureuse vaciller dans une fébrilité inhabituelle. Je l'embrassais dans le cou, lui caressais les seins, le ventre, tandis que son sexe était dégusté par la langue et les lèvres charnues de notre partenaire. Devenu acteur, j'oubliais la banalité du scénario. Je m'étonnai même qu'Amandine vienne s'occuper d'ouvrir ma braguette. Mon membre trop longtemps contraint au confinement sortit de sa prison comme un diable à ressort d'une boîte surprise. Pour entrer très vite dans une deuxième prison plus humide à la chaleur buccale aussi accueillante que l'Italie. Habilement conduit par mon aimable guide, j'intégrai ensuite une troisième prison, plus confortable encore, qui condamnait mon phallus à de délicieux allers-retours au rythme des coups de reins de Framboise. Désormais je considérais que ces rebondissements successifs étaient d'une originalité folle. Le travail méticuleux d'Amandine fit monter le plaisir de Framboise autant que le mien. Mon sexe profitait lui aussi de sa manière de laper, généreuse et débordante. Alors qu'elle m'emmenait au sommet avec elle, je lui susurrai à l'oreille :

— Framboise, tu es la seule femme avec laquelle j'ai partagé un tel moment. Je veux que tu sois la seule à jamais avec qui j'aurai connu cela. Ce que tu me donnes est chaque fois exactement ce que j'attendais. Je n'envisage rien de plus beau que de vivre avec toi. Veux-tu devenir ma femme ?

J'avais improvisé ce dialogue bavard, considérant sur le moment, emporté par mon allant, qu'il pouvait revêtir un certain intérêt stylistique. Dans un cri de jouissance dépouillé de tout esprit critique quant à la forme pompeuse de mon texte, Framboise répondit simultanément au plaisir qui la submergeait et à ma demande par un seul et même mot, trop bref pour être soumis aux polémiques littéraires :

— Ouiiii !!!

XVI

Le week-end diabolique que je venais de passer aurait certainement mérité une confession, si les principes du catholicisme avaient été également les miens. Le lundi matin, comme prévu, Benoît Charmotand m'attendait. Fébrile, il arpentait la nef de l'église, redoutant mon désistement. Dès qu'il me vit arriver, il fonça vers moi, soulagé. Il comptait que les aveux que je m'apprêtais à lui consentir contrebalanceraient ses déviances inavouables. Et qu'il me tiendrait ainsi, autant que je le tenais. J'allais le satisfaire au-delà de ses espérances. Sans m'inspirer de la réalité de mes récentes luxures entre adultes consentants trop légales pour lui et, par là même, décevantes.

Dans un premier temps, il voulut que nous nous installions dans une annexe sans âme uniquement meublée de deux sièges miteux. N'étant pas au courant des pratiques récentes de l'Église, je ne m'attendais pas à tenir mon rôle en face à face. J'avais imaginé divulguer mes lourds secrets en un lieu plus discret et qui permet de s'effacer :

— On ne peut pas plutôt aller dans les petites cabines qui sont prévues pour ça ?

— Vous regardez trop de films, mon fils. Les temps changent, on ne pratique plus ainsi désormais.

— Oh, mais alors, je n'aurai jamais le courage de vous exposer les choses.

Un brin agacé par mon comportement, mais craignant que je me rétracte, il me fit signe de le suivre. Mon appréhension était-elle à la hauteur de mes révélations ? Il l'espérait. Alors pour les recueillir, changer le protocole, cela en valait sans doute la peine.

Il me fit entrer dans sa boîte à pénitences. Je m'agenouillai. À travers la grille du confessionnal, j'étais indisposé par sa mauvaise haleine de vieux pédophile à l'hygiène approximative. Point commun avec les gamins qu'il aimait tant, il rechignait à se laver les dents.

— Bonjour, mon fils. C'est donc la première fois que vous voulez vous délivrer du poids de vos fautes par l'intermédiaire de la confession, n'est-ce pas ? Pour commencer, répétez après moi : « Bénissez-moi, mon père, parce que j'ai péché. »

— Oh, oui ! Bénissez-moi, mon père. Merci de me recevoir. J'ai péché et j'ai tellement besoin de soulager ma conscience !

— Je vous bénis et je suis prêt à vous entendre.

— Je vous ai dit, mon père, que je désirais me marier avec Framboise, comme vous le savez, je l'aime et… et… hum ! Hum !

— Je vous écoute…

— Je l'aime et je ne voudrais pas qu'elle épouse un homme que finalement elle connaît mal. Car je ne suis pas tout à fait celui que je parais… et… hum !

— Oui, mais encore ?

— C'est-à-dire qu'il y a chez moi un côté caché qui mettrait à mal notre relation si elle le découvrait. Je ne veux pas la décevoir et... et...

Le père Charmotand s'impatientait de découvrir les travers dont je voulais soi-disant me faire absoudre. Son ton conciliant du départ devenait sec. Sa nervosité était palpable. L'agitation incessante de son genou contre la paroi faisait trembler l'ensemble du confessionnal.

— Poursuivez, poursuivez...

— Il y a chez moi un... J'ai un secret qui... Il ne faudrait pas que...

— Allez droit au but, vous savez, ici, j'en entends tellement, mon enfant...

— Alors voilà, justement, en parlant d'enfants, à la consultation, plusieurs fois, il m'est arrivé de dévier de mon devoir.

— C'est-à-dire ?

— Vous me comprenez très bien.

— Soyez précis. Dieu pardonne ce que l'on avoue, pas ce que l'on tait.

— Parfois j'ai des gestes déplacés. Sous prétexte de les examiner, j'en profite. C'est plus fort que moi, je sais que c'est affreux mais je n'arrive pas à me retenir. J'en ai même endormi un pour abuser de lui. Et j'ai peur de recommencer.

— Me dites-vous là toute la vérité, mon fils ?

— Oui, mon père. Une seule fois pour l'instant. Je le jure... Mais je me sens capable de recommencer.

Le père Charmotand avait cessé de secouer le petit édifice. Après le silence que marque une intense réflexion, il enchaîna d'un ton soudain badin :

— Bien sûr que vous recommencerez, docteur.

— Pardon, mon père ? Je ne comprends pas...

— Vous recommencerez parce que ce sont eux qui viennent nous chercher, ils aiment ça, croyez-moi... Nous les délivrons de leurs pulsions désordonnées, nous les canalisons, nous les satisfaisons, nous les déniaisons.

— Vous êtes sûr ?

— Mais bien entendu ! C'est du reste pour ça qu'ils n'en parlent jamais à leurs parents. Ce sont des envoyés du diable et nos actes sont leurs punitions !

Bien qu'ayant planifié d'obtenir des aveux quand j'étais censé les faire, je ne supputais pas que le prêtre puisse en être à un degré de folie si avancée. Il revendiquait sa perversité, se dédouanait de toute morale sitôt que l'on mettait un pied dans son camp.

— Vous ne voyez donc aucune objection à mon mariage avec Framboise.

— Aucune. Je le célébrerai avec grand plaisir... Chacun a son petit jardin secret. Framboise a certainement le sien également.

— Je suis soulagé, j'avais peur que vous me l'interdisiez. Mais sinon, faut-il que je suive un chemin particulier concernant mes petits travers ?...

— Bien sûr ! La discrétion ! La plus grande et la plus absolue !

— C'est tout ?

— Et aussi, la prudence ! Pas de films, pas d'images dans vos ordinateurs... N'en parlez à personne. Dans ce monde, peu d'esprits ouverts sont capables de saisir ce que je vous ai expliqué.

— Et je suis absous de mes péchés ?

— Mais totalement ! Surtout que ce ne sont pas vraiment des péchés, puisque nous donnons de l'amour.

Dieu comprend ! Il vous pardonne, il me pardonne, Amen, sortons de là !

Je retrouvai un prêtre radieux, rubicond. Il avait suspendu sa pâleur du matin au vestiaire de la contrition. Dès que nous fûmes l'un face à l'autre, il s'empressa de me serrer la main chaleureusement :

— J'avais peur que vous ayez remarqué quelque chose l'autre jour avec le petit Laroche.

— Non, je n'avais rien vu.

— De toute manière, je suis rassuré maintenant puisque nous partageons les mêmes goûts.

— Exact. Nous nous tenons par la barbichette, en quelque sorte.

— D'ailleurs, nous pourrions collaborer si ça vous tente ?

— C'est-à-dire ?

— Par exemple, vous envoyer le petit Laroche au cabinet. Quel cochon, celui-là !

— Compliqué, je connais ses parents…

— Oh ! il est parfaitement discret. Mais je peux vous en fournir d'autres, aucun problème. Ou vous donner des Polaroïd très intéressants, si vous préférez.

— En échange de quoi ?

— Vous pourriez me procurer de quoi les endormir ?

Je fis mine d'accepter ce pacte innommable et quittai l'église en ruminant de n'avoir pas crucifié sur place l'immonde vermine pastorale. Il me marierait, mais il le regretterait.

Les quatre mois qui précédèrent le mariage furent délicieux. Framboise arborait avec enchantement la bague de fiançailles que nous étions allés choisir chez Frojo, à

Marseille. Elle n'en revenait pas d'avoir échappé à sa vie précédente, aux violences qu'elle avait endurées et mesurait, à tort, son bonheur à l'aune de ce passé. Elle était sortie de la spirale qui prédestine souvent ceux qui ont connu les abus dans l'enfance à les subir à nouveau plus tard. J'étais le seul homme à l'avoir respectée, même son père n'avait pas eu cette dignité élémentaire. Je culpabilisais de l'entendre me répéter que je la rendais tellement heureuse, sans avoir l'impression de mériter ses compliments. Simplement parce que mon comportement était normal, pacifique, garant de son intégrité mentale et physique. Selon moi mes efforts n'étaient pas proportionnels au résultat extraordinaire qu'elle m'attribuait. Je m'en voulais de n'être pas plus démonstratif, en phase avec l'intensité de mes sentiments. Je l'écoutais, je la comprenais, je l'admirais, elle me plaisait, je la trouvais intelligente, toujours aussi belle. Je la voulais libre d'esprit et de ses actes. Mais je pensais assez peu souvent aux petits signes qui traduisent l'amour et le rendent concret. Je revenais rarement à la maison avec un bouquet de roses, je ne l'emmenais pas régulièrement dîner au restaurant, je n'organisais pas de vacances insensées dans des îles aux eaux turquoise, je ne lui offrais une robe ou un bijou que lorsque nous faisions les boutiques ensemble. Jamais de mon propre chef. En attendant le dernier samedi de juin qui célébrerait notre union, je décidai de mériter davantage l'adoration que Framboise me vouait et redoublai de toutes les attentions manquantes. Je l'emmenai au restaurant une à deux fois par semaine. J'allai lui choisir une paire de chaussures qui s'accordait avec une robe que je lui avais vue porter. J'organisai notre voyage de noces sur l'île de Rodrigues.

Elle rayonnait plus encore que d'ordinaire, je l'aimais plus encore que d'habitude.

Le cabinet ne désemplissait pas, les patients venaient consulter comme on feuillette un magazine people, pensant pouvoir recueillir des confidences sur mes états d'âme de futur marié. Celui-ci voulait connaître le lieu de la cérémonie, celle-là demandait des détails sur la robe qui avait été choisie. On cherchait à savoir quel traiteur était pressenti. Chacun à ce sujet prétendait d'ailleurs connaître le meilleur et en même temps le moins cher. Mais ce n'était jamais le même. L'annonce de l'événement me créait une certaine publicité dont je n'avais pourtant nul besoin. Je perdais donc un temps précieux à évincer poliment de nouveaux « postulants », qu'ils soient malades ou curieux.

Framboise se consacrait aux préparatifs. Nous avions décidé de recevoir à la maison, de manière champêtre, en plein air, et d'installer quelques jolies tentes marocaines dans notre grand jardin. Nous dressions conjointement la liste des invités. Elle avait coupé les ponts avec ses parents, je n'avais plus les miens, il ne nous restait guère de famille, ni l'un ni l'autre. C'est alors qu'une révélation fit vaciller mon esprit. Quel idiot de n'en prendre conscience qu'à ce moment-là. Si éloigné de la source du problème. Je n'étais pas avare d'attentions démonstratives par égoïsme, mais seulement parce que je ne les avais pas connues. Il me manquait les références. Gabriel grandissait dans les jupons de sa mère en approchant de l'âge auquel je m'étais séparé de la mienne. J'avais pris le risque, sans m'en rendre compte, de donner à Framboise le rôle qui m'étouffait lorsque j'avais 7 ans. Celui de maman. Pourtant mon fils, lui, ne semblait pas vouloir se défaire de ce joug. Bien au contraire. Je ne comprenais que maintenant, bien tard dans mon existence, l'importance de la tendresse. Et je me mis à regretter de ne pas y avoir eu accès. La tendresse, la vraie. Pas les caresses imbéciles, pas les bisous empoisonnants que l'on distribue indifféremment aux toutous ou aux enfants. Eux, j'y avais eu droit. Pas non plus la tendresse des petits surnoms ridicules, qui prennent des airs affectueux pour mieux vous diminuer. Ni celle des sucettes au caramel, qui récompensent de n'avoir pris aucune initiative, de s'être cantonné à obéir docilement. Non. La tendresse des véritables égards, la courte échelle des mots qui encouragent. L'enthousiasme qui permet de croire que tout est réalisable. L'écoute, cette porte grande ouverte sur la confiance que les paroles de mise en garde ne font que refermer. La tendresse libératrice, celle qui galvanise, qui tient chaud, qui donne de l'assurance et vous fait vous sentir beau, invulnérable. Je m'étais toujours vu plus bête et plus laid que je n'étais. Voilà la tendresse qui m'avait manqué à en mourir et que nous parvenions pourtant à insuffler à notre petit Gabriel. Nous étions, Framboise et moi, deux blessures qui cicatrisaient ensemble, l'une contre l'autre. Une sorte de greffe. Sans références ni racines, nous inventions tout. L'éducation, la morale, l'amour. Nous avions brisé la chaîne de transmission des châtiments héréditaires et du cercle vicieux des humiliations. Il avait fallu nos deux enfances bancales pour recréer un équilibre.

XVII

Dans l'intervalle qui me séparait du grand jour, Amandine vint me voir trois fois à la consultation. Elle inventait chaque fois des auscultations toujours plus approfondies, salaces et excitantes. J'aurais pu culpabiliser de me préparer aussi mal à l'union sacrée qui se profilait avec Framboise. Mais, comme dans le même temps la policière était redevenue notre partenaire à deux reprises et que ma promise s'était autorisé un rendez-vous très privé avec elle, mes scrupules s'envolèrent aussi facilement qu'une culotte en soie mal épinglée à l'étendoir un jour de mistral. Je cheminais donc vers ce que certains appellent « se passer la corde au cou » avec l'impression qu'au contraire un vent de liberté se mettait à souffler dans les ailes de notre quotidien.

Je n'avais jamais envisagé que Framboise puisse, à mes yeux, pousser si loin l'insolence de sa beauté. Emporté par mon enthousiasme, je ne voyais certainement pas la même réalité que mes semblables. Quand elle entra dans la mairie, sa grâce surpassait à tel point l'apparence ordinaire des convives qu'il n'y avait plus matière au combat.

Face à son évidente suprématie, la jalousie, la rivalité devenaient absurdes. Il ne restait qu'à s'incliner. D'ailleurs j'eus l'impression que, dès son apparition, les autres femmes de l'assemblée, d'un seul mouvement, se tassèrent inconsciemment sur elles-mêmes. Il fallait éviter le ridicule. Comment laisser supposer que l'on s'estimait capable de faire de l'ombre à l'astre qui s'avançait ? S'effacer demeurait le seul moyen d'échapper à cette humiliation. Framboise était reine et Gabriel à son bras un dauphin magnifique. Ils irradiaient. La salle des mariages de l'hôtel de ville de La Ciotat, à l'architecture fadasse et d'une modernité désespérante, prit soudain des allures de palais vénitien. Personne ne pouvait se douter de l'émotion qui remuait mes entrailles, la fasciculation de ma paupière gauche n'étant que le pâle écho d'un chamboulement bien plus profond.

Framboise avait tenu par-dessus le marché à ce qu'Amandine soit son unique témoin. En choisissant notre maîtresse commune, elle me signifiait clairement qu'un avenir sulfureux nous tendait les bras, loin du ronronnement de certaines vies conjugales. Elle célébrait une véritable alliance, pas une chaîne au doigt. Elle m'épousait complètement et ne me réclamait aucune frustration des plaisirs. Uniquement la priorité de notre amour. Combien de temps l'euphorie que je vivais allait-elle durer ?

Hakim Ben Jemoud et Philippe Jourdain avaient fait le voyage de Chamonix. Le couple de médecins ne cessait de passer du rire aux larmes, revivant leur propre mariage à travers le nôtre. En les voyant ainsi vibrer de tant d'émotions, je me félicitai de les avoir sélectionnés comme témoins, l'un pour l'église, l'autre pour la mairie.

Leur exubérance compensait ma réserve extrême, presque inquiétante, dont je ne savais me déparer en public. Bien entendu, leur homosexualité assumée et leur proximité démonstrative ne manquaient pas d'en offusquer certains. Ce qui m'agaçait et me désolait autant que cela indifférait mes deux amis, trop occupés à s'aimer. Au registre des aversions, s'inscrivaient en tête de liste Murat et son épouse. Ils échouaient à faire bonne figure. Le savoir-vivre d'aujourd'hui leur imposait d'afficher un esprit ouvert, que l'on n'aille pas raconter que, dans la police… Mais Madame et Monsieur ne parvenaient pas à masquer complètement leur malaise dès qu'ils approchaient mes deux camarades de promo. Impossible de leur adresser la parole sans laisser paraître un léger rictus de dégoût à la commissure des lèvres. Comme s'ils ne pouvaient s'empêcher de les imaginer qu'en train de s'enfiler. Dans l'intonation de leurs voix trop polies, tout était verrouillé. Derrière les mots prétendument tolérants et raffinés, le sous-texte racontait l'inverse : « Tu te rends compte qu'on est en train de discuter avec deux gros PD. » Hélène et Manuel me débéquetaient profondément. Si à mon tour, pour leur rendre la monnaie de la pièce, je me mettais à visualiser leur sexualité « normale », la nausée me retournait l'estomac. J'assistais à la rencontre d'un monde sec et d'un monde mou. Un ballet d'attouchements maladroits, la tristesse de mouvements effrénés sans jouissance. Un univers où les effluves du parquet trop ciré supplantent ceux de corps las, qui ne sentent et ne ressentent plus rien. Répugnant. Ils étaient invités par politesse autant que par intérêt. Car aujourd'hui, j'avais besoin d'eux.

Si le maire prononça un discours peu inspiré, dégoulinant d'humour sans en maîtriser les ressorts, le père

Charmotand démontra en revanche des qualités d'orateur remarquable. Il sut trouver les mots justes, usant de son infinie perversité pour toucher le cœur de chacun. Il louait le bonheur de voir un fils assister à l'union de ses parents. Il encensait le cadeau que nous faisions à Gabriel en lui offrant le souvenir concret de l'amour que se vouent « un papa et une maman ». Il lui promettait un avenir radieux, bercé par l'évidence d'être né d'un désir profond. Il nous prédisait des jours heureux à n'en plus finir. Ce chien infâme savait donner l'illusion de la bonté, les apparences de l'humanité. Il jouait à merveille son rôle d'homme de Dieu, portant une parole si noble et fraternelle qu'elle éloigne les doutes et les suspicions. Je le laissais faire sa comédie, m'adresser des clins d'yeux bienveillants qui sous-entendaient une complicité touchante. À condition d'ignorer la réalité ignoble de ce que ces regards recouvraient.

À 17 heures, quand tout le monde convergea vers notre domicile, je regrettai de ne pas pouvoir être seul avec mon épouse. Et à la rigueur avec Amandine, plus excitée encore que d'ordinaire à l'idée d'être la cerise sur la pièce montée. Tandis que certains décidaient d'aller se baigner en bas de la maison, d'autres préféraient s'adonner aux bienfaits de l'alcool plutôt qu'à ceux de l'eau de mer. Framboise passait d'un invité à l'autre, accordant à chacun un moment de gloire à ses côtés, concrétisé par le cliché qu'un photographe qui ne la quittait pas d'une semelle ne manquait pas de réaliser. Une centaine de personnes endimanchées avaient envahi notre espace d'ordinaire si paisible. Un groupe de quatre musiciens de jazz animait « l'apéritif dînatoire ». Rythmant son pas sur le tempo donné par la contrebasse, Benoît Charmotand déambulait, portant la bonne parole aux convives qu'il croisait. Il discutait avec Émeline et Edmond Laroche, caressant la tête de leur gamin comme s'il lui voulait du bien. Abusant les parents autant que l'enfant, sans manifester aucune gêne apparente. Le pauvre Maxime, paralysé par cette main aux habitudes bien plus intrusives, semblait voguer dans un monde parallèle pour échapper à cette réalité désaxée. Comment le notaire si brillant et sa femme tellement attentive aux autres ne pouvaient-ils pas voir l'emprise que le prêtre exerçait sur leur fils ? C'est Gabriel qui vint le sauver :

— Max, tu viens jouer avec moi ?

— Papa, maman, je peux ?

Contre toute attente, au lieu de répondre par eux-mêmes, ils interrogèrent du regard le prêtre, comme si Dieu par son entremise délivrait les laissez-passer. C'est donc lui qui statua :

— Mais bien entendu, mon garçon, aujourd'hui est un grand jour de joie où il convient de profiter des plaisirs de l'existence. Va donc t'amuser !

Il se rendit compte à ce moment-là que je l'observais. Il vida son verre qui n'était pas le premier. Me gratifia d'un sourire aux dents violettes de tanin et d'une petite grimace avinée.

Tout au long de la soirée, il fallut écouter les discours, sourire et accepter les compliments de chacun. Supporter les blagues de plus en plus lourdes au fur et à mesure que la nuit tombait et que le taux d'alcoolémie général montait.

Vers 22 heures, je retrouvai Benoît Charmotand plus éméché que les lois du sacerdoce ne l'y autorisaient.

Il m'attira à l'écart. Et une fois qu'il fut certain que personne ne pouvait entendre notre conversation :

— Alors, docteur, vous ne m'avez toujours pas fourni les petites pilules magiques !

— Vous ne m'avez rien donné en échange, mon père !

— Je vous l'accorde. Vous avez vu le petit Maxime, comme il est troublant tout endimanché.

— Je reconnais là un fin connaisseur...

— Oh oui ! Quand il s'occupe de vous, sa bouche accomplit des prouesses qui confinent au divin.

— Vous le partageriez, en fin de compte ?

— Oh, oh ! On change d'avis, on cède à la tentation. Cette petite saloperie va vous régaler.

— OK, je vous l'amène dans la cave. Il y a une pièce fermée dans le fond où je range mes vélos. On s'y rejoint dans trente minutes ?

— Maintenant ? Le soir de votre mariage ?

— C'est la fête justement ! Et j'ai les fameuses petites pilules... Nous expliquerons qu'il a siphonné des fonds de verre s'il a une attitude un peu bizarre.

— Chapeau, vous pensez à tout !

— Exactement !

Gabriel était en train de jouer dans sa chambre avec Maxime et quelques invités de son âge.

— Tout se passe bien ?

— Oui, super, papa.

— Vous voulez regarder un film ? Je t'y autorise si tu as envie.

— Oh, oui ! Cool. Même un *Spider-Man* ? S'il te plaît !

— Allez ! Exceptionnellement. C'est parti pour le grand frisson.

— T'es chouette, papa.

— Maxime, tu veux bien venir avec moi, deux secondes ? J'ai une mission importante à te confier. Tu rejoindras tes camarades après.

— D'accord, docteur.

Maxime Laroche me suivit, petit enfant de chœur docile, résigné, sans savoir ce que je lui voulais réellement. Après être descendu de la chambre de Gabriel, je m'arrêtai dans la cuisine pour donner des explications au garçon :

— Voilà, Maxime ! Aujourd'hui, c'est un jour particulier pour Framboise et moi…

— Oui, docteur, je sais.

— Mais je voudrais que ça reste aussi une date mémorable pour notre fils. Alors sa maman et moi nous lui avons acheté un beau cadeau.

Il me regardait sans comprendre où je voulais en venir. Tout en lui parlant, je l'invitai à goûter les canapés de toutes sortes qui s'entassaient dans la cuisine et que les serveurs venaient chercher pour alimenter les buffets.

— Ce que je voudrais, c'est que ce soient les copains de Gabriel qui lui offrent. Si tu en es d'accord !

Je sentais Maxime flatté qu'on lui confie cette tâche de confiance, qui le consacrait grand ami du fils des mariés.

— Tu connais la maison, tu es déjà venu. C'est un gros paquet rouge avec un nœud jaune qui est dans la remise à vélo, tu sais, à la cave. Tu vas le chercher et c'est toi qui l'offres !

— OK, je veux bien.

— Tiens, prends encore deux trois petits canapés pour te donner des forces. Le paquet est un peu lourd.

La torpille venait d'être lancée. L'impact n'allait pas tarder. Je retournai dans le jardin et m'approchai de Framboise en train de se faire photographier avec le commissaire et sa femme.

— Viens, mon amour ! Où étais-tu ? On te cherchait partout. Si tu continues, tu ne seras sur aucune photo.

— Oui, venez près de moi, Victor, que je garde au moins un souvenir avec la star du jour. Hi ! hi ! hi !

Hélène Murat, sous l'effet des bulles de champagne, devenait presque entreprenante. La porte de prison s'entrouvrait dès que quelques gouttes excessives d'un Brut raffiné lubrifiaient une serrure et des gonds rouillés. Tandis que le flash éblouissant immortalisait l'instant de manière impitoyable, je ne perdis pas de vue le stratagème en cours :

— Ma chérie, c'est bon, j'ai dit à Maxime et à ses copains qu'ils pouvaient offrir notre cadeau à Gabriel.

— Oh ! Un cadeau ! Et pour moi, rien ? Même pas un petit bisou du marié ?

Manuel Murat ne reconnaissait pas sa femme qu'il avait d'habitude tant de mal à dérider. Voilà qu'elle frôlait le vulgaire. Pensant qu'une diversion permettrait de ramener un peu de dignité, le commissaire demanda de quel présent il s'agissait.

— Gabriel est passionné d'astronomie. Alors son père et moi lui avons acheté une lunette. Pour que ce jour soit plus qu'inoubliable. Lunaire !

— Comme nous avons été très gâtés par tous nos amis, nous avons décidé que ce serait ses copains qui lui offriraient. Il est important pour nous que cette fête soit aussi la sienne.

— Et moi ? Mon bisou du marié, j'y ai droit ou pas ?

Je donnai à Hélène Murat un rapide smack sur la joue, histoire de m'en débarrasser au plus vite. Puis j'allai vérifier que la torpille avait atteint son but. Je croisai Maxime qui remontait de la cave, affolé. Je lui demandai où était le cadeau, il ne me répondit pas. Les choses s'annonçaient bien. Je dévalai les escaliers, me précipitai vers la remise à vélos. En ouvrant la porte je découvris le visage déformé de Benoît Charmotand. Il se tenait le sexe à deux mains comme pour l'empêcher de gonfler davantage. Sa bite ressemblait à un champignon et avait triplé de volume. Sa voix étouffée devenait méconnaissable :

— Qu'est-ce qui m'arrive, docteur ?

— Le petit avait mangé des cacahuètes et des crevettes.

— Vite, vite, faites quelque chose ! Je suis allergique.

— Je sais.

Après avoir refermé la porte à double tour, je balançai la clef pour la perdre au milieu des boîtes de vis et de clous qui encombraient l'établi. Et je remontai chercher de l'aide :

— Manuel ! Manuel ! Viens vite, il y a une galère.

— Quoi ?

— Quelqu'un est enfermé avec les vélos. Il frappe contre la porte, mais elle est fermée je ne sais pas pourquoi. Je ne reconnais pas la voix, je ne comprends pas ce qu'il a, je panique, là.

N'étant pas parvenus à ouvrir la porte en fer ni par la force, au pied-de-biche, ni en retrouvant les clefs, il fallut se résoudre à défoncer le mur à grands coups de masse. Mais le temps d'y parvenir, il était trop tard. L'œdème de Quincke avait été fatal. Emporté en enfer, le prêtre y brûlait à côté de ses maudits semblables. La chorale de Notre-Dame de l'Assomption était délivrée de son bourreau. Soustraire les enfants d'aujourd'hui et de demain aux griffes de ce prédateur était le joli présent que j'avais tenu à me faire, pour augurer des jours heureux.

XVIII

Les ennuis ne vinrent pas d'où je le redoutais. Concernant l'enquête, jamais on n'invoqua ma potentielle culpabilité, ni même ma responsabilité dans la mort du prêtre prédateur. Le scénario auquel j'avais voulu que l'on adhère fut rapidement entériné. Les conclusions établissaient que le pédophile avait suivi Maxime dans la cave lorsqu'il était allé chercher le cadeau. Puis l'avait coincé dans la remise à vélo. Saisissant l'occasion d'échapper à son violeur lorsque celui-ci avait manifesté des troubles allergiques aux arachides et aux crevettes, le jeune garçon s'était enfui en enfermant Benoît Charmotand pour ne pas être rattrapé. Et dans la panique avait jeté la clef. Élément qui jouait en ma faveur, Maxime ne se souvenait pas exactement du déroulement des faits. Ses allégations parfois contradictoires et ses souvenirs imprécis ne permettaient pas d'établir de script fiable. Un flou que l'on attribua au choc traumatique qu'il avait subi. Alors que la confusion provenait sans doute davantage d'une relation avec le prêtre plus ambiguë que celle qu'il se contentait d'avouer. La véritable nature de Benoît Charmotand ayant été découverte, le scandale légitima que l'on ne s'attarde pas indéfiniment sur les circonstances d'une disparition que tout le monde accueillait avec satisfaction. Les langues se déliaient, pour de bonnes raisons cette fois, les nombreuses lubricités du monstre étalées au grand jour justifiaient son sort. La mort d'un pédophile d'une telle envergure provoque rarement des torrents de larmes et des chapelets de regrets. Hormis de la part de quelques confrères, qui partagent les mêmes goûts pour la jeunesse et dont le pardon est à la fois la vocation et une excuse pour eux-mêmes. Personne ne se bousculait donc pour prononcer l'oraison funèbre. Si certains parents, pourtant chrétiens et pratiquants assidus, accompagnèrent la dépouille de l'homme d'Église dans sa dernière demeure, ce fut davantage pour cracher sur sa tombe que pour y déposer une gerbe de fleurs. Et s'assurer qu'il ne remonterait pas de sitôt d'où il était, nonobstant le miracle de la résurrection.

Contre toute attente, c'est avec Framboise que la situation dégénéra. Sans que je comprenne pourquoi, au début. Bien entendu à la suite de ces événements, notre lune de miel ne fut pas exactement celle que l'on peut souhaiter. Certes, je m'étais fait une belle offrande en supprimant de l'horizon de Gabriel (et de tous les autres enfants) la perspective exécrable de croiser un jour la route d'une souillure de la trempe de Benoît Charmotand. J'avais estimé que le plaisir que je m'accordais justifiait quelques sacrifices, dont celui, probable, d'une nuit d'amour. Fût-ce notre première en tant que jeunes mariés. Nous en avions tant d'autres à notre actif et en prévision. Je compris aisément que, le soir même, Framboise n'ait pas l'esprit à batifoler après la découverte du cadavre dans la maison. Il faut avoir une certaine habitude pour dissocier de manière tranchée la mort et la vie. Et que l'ombre du décès des autres ne vienne plus obscurcir nos propres existences ou saper nos envies. Amandine, travaillant dans la police, ne faisait pas cet amalgame non plus. Elle nous aurait volontiers accompagnés dans nos ébats. Surtout que les convives nous laissant tranquilles de bonne heure en ces circonstances particulières, nous échappions aux interminables fins de soirées bruyantes que réservent habituellement les javas nuptiales. Jusqu'aux aubes soûlantes. Le lendemain ne fut pas beaucoup plus souriant. L'éclaircie ne vint pas non plus les jours suivants. Mes questions demeuraient sans réponse, Framboise d'ordinaire peu taciturne instaurait une distance entre elle et moi. À l'approche de notre voyage de noces, elle me demanda de dîner en tête à tête au restaurant.

Nous venions à peine de nous asseoir. Le serveur avait seulement apporté deux coupes de champagne quand elle entra dans le vif du sujet. À voix très basse. S'approchant plus près de moi qu'elle ne l'avait été durant ces six derniers jours :

— Je ne veux plus partir à Rodrigues.

— Je ne comprends pas.

— Je veux qu'on annule notre voyage de noces.

— …

— Tu ne dis rien ?

— Si ! Ma chérie, j'aimerais savoir pourquoi.

— Parce que je sais que c'est toi !

— Que c'est « moi » quoi ?

— Le prêtre, je sais que c'est toi.

— …

— Alors ?

— Pourquoi dis-tu ça ?

— Parce que je sais. J'en suis sûre. Et pas uniquement lui.

— …

— Pour mon ex-mari, aussi. Je suis sûre que Tristan, c'est toi. Et peut-être d'autres…

— Mais d'où ça vient cette histoire ?

— Parce que je le sais. Je le sens. Jure-moi sur la tête de Gabriel que ce n'est pas toi.

Je regardai Framboise. Aucun mot ne sortit. Mes yeux ne disaient rien. Ma bouche ne disait rien. Je savais que, pour ne pas la perdre, il aurait fallu mentir, tout de suite, maintenant, sans hésitation.

Trop tard. Il m'était impossible de jouer avec le destin de l'enfant que j'aimais plus que tout. Je ne pouvais prendre le risque d'entacher son avenir d'un pareil parjure. C'était lui jeter un sort, y compris sans croire que ce maléfice soit possible. Qui plus est, face à la femme avec qui j'avais voulu qu'il soit la moitié de nous deux. Mon mensonge, je le savais, aurait été impardonnable et m'aurait valu de la part de Framboise pire que la séparation. Le mépris, l'aversion. Mon silence n'était pas tout à fait un aveu. Au moins, il ne la rendait pas complice tant que demeurait une part de doute. Elle n'était détentrice d'aucune certitude. Je voulais y voir une porte de sortie, alors que j'étais coincé dans une impasse. Je ne pouvais ni lui avouer que j'avais tué, pour eux, pour nous, pour un futur plus sûr, une vie moins dangereuse. Il était inconcevable de jurer sur la tête de mon fils que je n'étais pas coupable.

En un éclair et sans transition, le dîner se transforma en protocole de divorce. Framboise avait déjà réfléchi à tout, avec énormément de tristesse, mais sans hésitation.

Elle proposa de déménager avec Gabriel. Je lui demandai de conserver la maison. J'aménagerais, moi, la petite pièce qui me servait de débarras au cabinet, je réparerais la douche. Elle n'avait pas à s'inquiéter, je subviendrais à ses besoins, le temps qu'il faudrait. Il fallait ménager Gabriel, le laisser en dehors de ces histoires de grands le plus longtemps possible. Il devait croire à un surcroît de travail qui m'empêchait d'être présent. Je passerais le prendre de temps en temps. Elle m'accordait également de ne révéler à personne, pour le moment, l'état de notre relation. Seulement à Amandine, mais en lui indiquant qu'il s'agissait d'un break.

Nous venions de basculer du grand amour au néant, en un claquement de doigts. Une belle histoire pouvait donc finir aussi brutalement qu'un accident vasculaire cérébral. Cette nuit-là, alors que cela n'était pas arrivé depuis que nous vivions ensemble, je dormis sur le canapé. Mon sac était prêt pour partir dès le lendemain matin. Sans parvenir à trouver le sommeil, je m'imprégnai à pleins poumons des parfums de cette maison que je respirais pour la dernière fois. Je ne voulais rien oublier. Comment me résoudre à accepter qu'il n'y aurait plus d'après ? Demain j'allais franchir le seuil pour ne plus revenir. Framboise ne serait plus mienne. Il faudrait désormais faire semblant de tenir debout avec les souvenirs en guise de béquilles. Tout deviendrait fade. Le prochain amour, s'il y avait un, ne pourrait jamais avoir la même saveur. J'avais été tellement heureux ici, avec eux. Comment me projeter dans une vie forcément médiocre puisque je nageais jusqu'à présent exactement dans celle dont je rêvais ?

XIX

Après quelques jours de flottement où je ne me rasais plus, buvais trop, ne voulais voir personne à part les patients que je recevais mal, je fermai la consultation, comme prévu. Le séjour à Rodrigues se métamorphosa en atelier de peinture, carrelage, plomberie, décoration. J'arrangeai mon cabinet pour qu'il devienne également mon habitation. Deux semaines consacrées au bricolage, sans doute l'activité que je détestais le plus au monde. Mais j'en avais soupé de dormir par terre dans la salle d'attente. Ces occupations manuelles avaient pour unique vertu de me laisser le temps de réfléchir, au lieu de m'emporter. Il me fallait concevoir une alternative à ce que je croyais être un chemin inéluctable. Je listai avec honnêteté toutes les possibilités. Et l'option qui prit rapidement la tête du classement fut celle de la reconquête.

Le samedi suivant, alors que naissait en moi la conviction que séduire à nouveau Framboise était une aspiration plausible, je retombai dans la plus profonde déprime. L'hypothèse s'effondra quand, passant en voiture vers midi sur le port, je la vis attablée au bar O'Central en compagnie du commissaire Murat. Elle riait de toute la blancheur de ses dents aux probables fadaises de ce mâle répugnant. Il jouait le joli cœur, comme chaque fois que l'absence de sa femme lui accordait cette petite lâcheté. Quel immonde cafard. J'avais énormément de difficultés à réprimer l'envie de l'écraser sur-le-champ, de foncer dans le tas, d'en faire de la bouillie. Dans un réflexe de survie, j'accélérai, mais seulement pour disparaître le plus vite possible, avant qu'ils ne me repèrent l'un ou l'autre. Je fuyais autant une situation qui m'aurait humilié que l'incarcération assurée. Je ne voulais ni risquer d'être obligé d'exposer notre rupture à ce minable (si, par hasard, il en ignorait encore l'existence), ni me priver de dix ans de liberté. Le temps qu'il me faudrait peut-être pour regagner le cœur de celle que je ne désirais pas perdre.

Une semaine après, à peine remis de mes émotions, retrouvant un peu de la confiance qui m'avait abandonné, je rôdai à l'improviste du côté de notre maison. J'avais l'intention, si j'en avais la force, de prétexter le dossier d'un malade oublié dans un coin et dont j'avais besoin de manière urgente. Pas de plan plus précis. Uniquement un début de scénario pour tenter d'écrire une histoire. Il était pratiquement 22 heures. Mais au lieu du calme auquel je m'attendais, une fête battait son plein. De loin, je reconnus Amandine et Angelo Del Bosso sur la terrasse, au milieu de gens qui ne me disaient rien. Puis j'aperçus Framboise lancée dans une danse endiablée avec un homme que je n'avais jamais croisé. J'aurais voulu ressentir un coup de poignard, mais c'était pire, j'asphyxiais. La tétanie. L'inertie. Je ne pleurais pas, je suffoquais sur le chemin du retour.

Le soleil venait de s'éteindre. La flamme qui brûlait en moi était désormais celle de la colère. De l'enfer.

Je réalisais qu'il ne s'agissait plus d'agir, mais qu'il faudrait subir l'affront du désamour à perpétuité. Comment le supporter ? Il n'y avait plus d'enjeu, l'espoir venait de se faire moucher. Quelle était la solution vivable ? J'en entrevoyais des terrifiantes. Il n'est même pas nécessaire d'avoir été auparavant un meurtrier pour préméditer le crime passionnel. Vouloir faire disparaître l'objet de sa souffrance est à la portée du premier amant déchu. La savoir vivante mais cependant inaccessible attisait ma douleur. Alors, comme n'importe qui à ma place l'aurait projeté, je songeai bien entendu à l'éliminer. Mais j'écartai très vite cette éventualité. Me débarrasser de Framboise ? Impossible, je l'aimais toujours et pour l'éternité. Je n'ai jamais été un vulgaire assassin, pourquoi le devenir ? Il me restait l'honneur, je n'allais pas tout perdre. Framboise n'entrait à aucun moment dans la catégorie de ceux qui ne méritent pas leur place sur cette Terre. Ma motivation n'aurait pas été honorable. Jusqu'à présent, je m'étais toujours senti grandi d'avoir accompli des actes que d'autres jugeaient répréhensibles. Mes interventions avaient eu le mérite d'améliorer le bien-être collectif, l'existence générale. De manière manichéenne jugeront certains, mais de façon efficace incontestablement. Ma ligne de conduite resterait claire. Framboise ne voulait de mal à personne, celui qu'elle me causait n'était animé par aucune arrière-pensée discutable. Sa décision ne me convenait pas, elle reposait pourtant sur un socle louable autant qu'honnête. Même si elle oubliait au passage à quel point j'avais contribué à corriger le cours de son existence quand elle n'était qu'à la dérive. Quoi qu'il en soit, priver Gabriel de sa maman aurait été d'un égoïsme absolu. Cette solution radicale ne m'effleura donc qu'une fraction de seconde.

Le bricolage n'étant pas parvenu à galvaniser suffisamment mon cerveau pour y puiser une compensation satisfaisante à mon célibat, j'optai un temps pour une voie plus monastique. L'acceptation de moments moins savoureux, d'ambitions moins intenses, de journées sans but et de lendemains sans attrait véritable. Sans ressort. Sans transcendance. Il fallait se résoudre à la monotonie. Puis j'autorisai qu'Amandine vienne à nouveau me rendre visite quelquefois. Elle transitait de Framboise à moi, trait d'union sexuel entre nous. Elle ne comprenait pas ce qui nous avait séparés. Elle profitait des deux. Le plaisir qu'elle m'accordait n'était pas celui qu'elle supposait. J'abusais d'elle pour me raccrocher au passé, le faire revivre un peu et calmer les regrets qui larmoyaient inlassablement en moi. Je ne posais aucune question pour qu'elle ne répète pas que j'en posais. Je lui présentais le visage d'un homme tranquille, ordonné, attentionné, au cas où elle rapporterait à Framboise des détails me concernant. Par sursaut d'orgueil, peut-être, du moins ce qu'il m'en restait, je tenais à ce qu'elle retrace un portrait serein de mon état d'esprit. Pourtant je ne l'étais guère. Je faisais mine de me livrer à une introspection calme et profitable. En réalité, toutes mes tentatives d'aller vers le sacrifice du détachement étaient perpétuellement troublées par la même interrogation. Framboise allait-elle me dénoncer ? Me prouver ainsi que la rupture était totale et définitive ? Synonyme d'aversion ?

Venir chercher Gabriel demeurait un moment délicieux mais fugace, auquel succédait un calvaire interminable. Le raccompagner était pire encore. À l'instant où la porte se refermait, je perdais tout. Croiser Framboise me chamboulait systématiquement. Je mettais plusieurs heures à m'en remettre. Ne pas la voir me mortifiait. Je vivais dans une telle prison psychologique que j'en venais à me demander si l'enfermement véritable n'eût pas été préférable. L'idée me traversait parfois. J'allais tout balancer à Amandine. Ou devenir mon propre corbeau en écrivant au journal *La Provence* une lettre signalant ma culpabilité.

De l'extérieur, pourtant, je continuais à faire bonne figure. J'alternais avec discrétion les prises de Xanax, de Stilnox. Chacun de mes états, apparemment normaux, était en réalité chimiquement dosé. Cela me permettait de rester digne, de ne pas m'effondrer, de ne pas la supplier de revenir, de ne pas courir dans la rue en hurlant que j'allais me suicider parce qu'elle m'avait quitté, ni de sangloter sur l'épaule de chaque passant que je croisais en lui demandant de l'aide. Au contraire, je parvenais, y compris face à celle qui causait ma douleur, à me montrer d'une absolue neutralité, dans un maintien sans équivoque. Je pouvais par exemple demander à Framboise avec un aplomb de notaire, en conservant une distance juste, si elle n'avait besoin de rien. Je réussissais à contrôler mon envie irrépressible de lui téléphoner à tout bout de champ, jour et nuit. D'appeler son répondeur en numéro masqué pour entendre le son de sa voix. Je conservais lors de nos rares rencontres une apparence impassible, médicamenteuse, qui ne racontait ni la tristesse, ni la joie. Une simple acceptation du verdict qu'elle avait prononcé et qui ne discutait pas ma peine. Je m'attachais à faire vivre à Gabriel des moments de partage fabuleux, à la fois pour qu'ils imprègnent sa mémoire d'enfant et pour qu'il en réclame d'autres, plus souvent. Je voulais qu'il ne puisse faire autrement que de tous les raconter à sa mère. Nos sorties en bateau, nos plongées, nos pêches, nos pique-niques, nos fêtes foraines, nos musées… Mais j'allais à la mine. Chaque fois, il fallait surmonter la tentation qui m'étouffait de tout laisser tomber. Faire, encore faire, cela n'avait plus de sens. Sans elle, la vie avait un goût de coton hydrophile. Du mauvais rien. L'effort – simplement d'exister – demeurait chaque jour identique sans s'alléger, toujours aussi violent. L'envie profonde ne revenait pas. Ce n'est que par l'adjonction de psychotropes et par un acharnement à vouloir dépasser mes raisonnements dépressifs et contrôler mes pulsions névrotiques que je parvenais à trouver la volonté d'entreprendre ceci ou cela. L'épreuve dura quatre-vingt-douze jours. Exactement. Aucune erreur possible. Je les comptais pour les supporter. Pour mesurer ma force. Sans jamais le moindre contact physique avec Framboise. Sans jamais le moindre mot qui sortait du cadre indispensable servant à régler l'organisation que nous avions mise en place. Quatre-vingt-douze jours de calvaire, quand elle prononça la phrase qui allait certainement me précipiter vers un supplice pire encore :

— Serais-tu libre pour dîner prochainement ? J'ai quelque chose de très important à te dire.

XX

J'étais fébrile comme un condamné à la chaise électrique, assis en terrasse Chez Nino, un des restaurants les plus prisés du port de Cassis. J'avais proposé à Framboise de passer la chercher, mais elle préférait venir de son côté. Ce n'était pas un bon présage. Arrivé quinze minutes en avance, je l'attendais depuis une demi-heure. Mais sobre et non médicamenté, ce soir-là. Il s'agissait de ne pas surréagir à ce qu'elle allait me dire, sans être complètement anesthésié. Il fallait que je sois en mesure d'utiliser toutes mes capacités d'analyse en fonction de la situation. Pourtant chaque minute de retard ne faisait qu'accroître l'angoisse qui m'étreignait. Je découvrais la peur, la vraie, celle qui tétanise et que je n'avais jamais ressentie auparavant. Ni le jour de ma thèse, ni en aucune autre occasion. Quand je la vis apparaître au bout du quai, un état de panique s'empara de moi. J'évitai de la regarder approcher. J'étais le seul à me soustraire à la magie de sa présence exceptionnelle. Je savais tous les yeux des promeneurs, clients, restaurateurs du port braqués sur elle. Je devinais son allure aérienne qui démontrait son habitude d'être sans cesse regardée. Dès qu'elle mettait un pied dehors, le monde autour d'elle devenait un public. Par un simple phénomène d'adaptation elle avait fini par marcher comme on défile sur un podium. Elle se présenta à ma table alors que je n'avais pas repris le contrôle de mes émotions. Au prix d'une extrême concentration j'arrivai à montrer le visage impassible du joueur de poker qui vient de faire *all in* avec une paire de deux. Mais impossible de me lever pour l'accueillir. Mes jambes flageolantes ne me permettaient pas cette cascade. Les clients se demandèrent à coup sûr quel malotru avait l'outrecuidance de recevoir une telle princesse avec les manières du mufle par excellence. Nino, qui nous connaissait bien, vint apporter un brin de légèreté et de naturel, posant sur la table les deux coupes de champagne qu'il avait coutume de nous offrir. En s'asseyant Framboise frôla involontairement mon genou du sien et s'excusa après l'avoir prestement retiré. Elle affichait un demi-sourire synonyme d'embarras.

— Salut Victor. Comment vas-tu ?

— Quand je te vois, je vais toujours bien.

— C'est gentil, ça.

— Non, c'est la vérité.

— Gabriel a demandé de tes nouvelles ce soir.

— Moi aussi, il me manque.

Elle but une gorgée. Je brûlais de connaître le sort qui m'était réservé. Mais je n'osais lui demander d'emblée quelle raison impérieuse justifiait notre rendez-vous. Je tenais à profiter d'elle le plus longtemps possible, à savourer l'instant précieux qu'elle m'accordait avant le verdict. Peut-être le dernier ? J'attendais, tendu, la froideur de la lame qui allait bientôt s'abattre. Voulait-elle quitter La Ciotat en emmenant notre fils ? Avait-elle rencontré quelqu'un, déjà ? Était-ce simplement pour officialiser notre divorce ?

— Voilà, Victor. Je voulais te dire que j'ai eu peur de toi.

— ...

— Tu sais très bien pourquoi, je pense ?

— ...

— Tu ne veux plus me parler ?

Elle s'était mise à rire en disant cela. Avais-je l'air tellement piteux en la contemplant, hébété, subjugué, prêt à subir le couperet, le coup de grâce sans broncher ? Effectivement, à cet instant je me sentais prêt à disparaître. Ce n'était plus grave. Je garderais pour dernière image la beauté invraisemblable qui trônait en face de moi, cette fée que j'avais tenue dans mes bras, que j'aimais éperdument et qui s'apprêtait à me quitter. M'achever.

— J'ai eu peur que tu sois capable de faire avec moi ce que tu as fait avec les autres.

— Pardon ! Je ne saisis pas.

— Victor ! Parlons-nous franchement, sans nous cacher quoi que ce soit. Sinon, cela ne sert à rien.

— Je vais essayer.

— J'avais besoin de mesurer ce que je risquais.

— Mais tu ne risques rien !

— Je voulais savoir si, moi aussi, je pouvais devenir ta victime.

— Framboise, c'est impossible.

— Suppose que je t'ai demandé : « Risques-tu de me tuer si un gros souci survient un jour entre nous ? », que m'aurais-tu répondu ?

— Non, évidemment que non !

— Le problème, c'est que ta réponse ne m'aurait rien garanti. Tu l'admets ?

— Oui.

— Je ne peux pas vivre à tes côtés dans l'appréhension à chaque instant. En te craignant. Tu es d'accord ?

— Effectivement ! Tu as raison.

— C'est pour ça que je t'ai quitté. Pour savoir si tu allais te venger. Je t'ai mis à l'épreuve. C'était la seule manière d'obtenir des certitudes.

— Tu veux dire que tu m'as tendu un piège ?

— En quelque sorte. En étant vigilante et protégée.

— Et tu penses sincèrement que tu as frôlé le crime passionnel ?

— Maintenant, non ! Mais avant, je ne le savais pas.

— Écoute, Framboise, je tiens plus à toi et Gabriel qu'à n'importe qui. Ma propre vie ne compte pas à côté de la vôtre. Jamais je ne vous ferai le moindre mal.

— Désormais, j'en suis convaincue. À mille pour cent.

Je retrouvais dans son regard ce que j'avais perdu depuis plus de trois mois. Je lisais de l'amour. Je n'en revenais pas. Tout se régénérait en moi. J'étais une éponge rabougrie que l'on replonge dans l'eau. Un ordinateur éteint, débranché, que l'on reconnectait au courant. Mes fonctions se remettaient en marche. J'étais régénéré. Le bonheur, le désir, l'humour, l'appétit se réinstallaient. J'existais à nouveau. Je ressuscitais.

— Ce que tu as fait pour moi depuis que nous nous connaissons, Victor, c'est insensé, démesuré. C'est unique, inimaginable.

— Je l'ai fait pour moi, aussi.

— Tu m'as sauvée. Tu en sauves tant d'autres. Tu vas dans le bon sens... Je l'ai compris, enfin. Je ne pouvais pas rester mariée avec toi sans épouser complètement ta cause. Et je l'épouse.

— Framboise, tu vas me faire pleurer…

— Je ne vois aucun autre homme capable de ce que tu accomplis. Désormais, tu as toute ma confiance. Mais fais attention, je ne veux pas qu'il t'arrive malheur.

— Ne t'inquiète pas, je te promets.

— Et puis, je te remercie aussi de ne m'avoir rien dit, ni hier, ni aujourd'hui. De m'avoir toujours préservée pour ne jamais me rendre complice.

— Tu ne le seras jamais. Tu ne sauras jamais.

— Est-ce que tu veux bien revenir à la maison dès ce soir ? Et que nous restions ensemble jusqu'à ce que la mort nous sépare ?

Épilogue

Bien entendu, je ne m'appelle pas réellement Victor Baunard. Il a fallu me résoudre à choisir un nom d'emprunt. Évidemment, cette histoire ne se déroule pas à La Ciotat. J'ai tout modifié, pour des raisons fort logiques de précaution. Les noms, les lieux, les scénarios, après tout, cela n'a pas grande importance. J'ai objectivement contribué à parfaire l'humanité, voilà la seule chose qui compte vraiment. Pourtant, il me faut me protéger de certaines institutions. Elles ne tolèrent pas mes actes, elles ne peuvent concevoir que j'ai accompli une œuvre profitable à tous. C'est absurde, mais elles n'admettront jamais que je suis à l'origine d'un progrès, d'une vaste opération d'assainissement. Si j'avouais, si j'étais pris, on me condamnerait. Sans circonstances atténuantes. Et même le contraire. Une certaine prudence s'impose donc. Mais je veux vous rassurer, vous qui m'avez suivi jusqu'ici, vous qui me comprenez. Je suis là, j'existe, et j'officie. Peut-être en Bretagne, éventuellement à Strasbourg. Peu importe l'endroit. Il suffit que vous sachiez que je n'abandonne pas, que je continue quelque part, pas très loin, à faire le bien.

Remerciements

Je remercie du fond du cœur :

Bernard Werber d'être l'ami idéal qui m'a donné l'impulsion magique. Et le titre.

Christian Gerin, maître de Mornac-sur-Seudre, pour ce partage d'amitié, les jours heureux et les nuits laborieuses.

Catherine et Michel Vincent, pour Vitrac, votre bienveillance et votre générosité.

Le professeur Élisabeth Quoix et le docteur Antoine Piémont pour leurs conseils avisés et leurs corrections éclairées.

Élodie Quérol de si bien veiller à mes intérêts.

La Zaz Communal, Amélie Andrieux, Baptiste Vignol, Marjolaine Piémont pour leurs encouragements, commentaires et avis si précieux.

Samuel Rozenbaum, d'être tout le temps prêt à voler à mon secours.

Jacques Henocq d'être toujours avec moi, et Stephan Ferens pour son esprit et ses idées bluffantes, la conception de la couverture. Véronique Podevin, pour la brillante direction artistique.

Dominique de Chevilly pour sa précieuse vigilance.
Alexandra Bentz pour la bonne piste.
Céline Thoulouze pour ce pari et la clairvoyance.
Lorraine de Plunkett pour tant de discernement.
Et tous les amis qui se sont prêtés au jeu de la photo : 01/ Samuel Rozenbaum, 02/ Tamara Kozo, 03/ Thierry Communal, 04 / Priscilia Bouton, 05/ Thomas Bouton, 06/ Julie Zouk, 07/ Quentin Bécognée, 08/ Maureen Dor, 09/ Maya Pambaguian, 10/ Jacques Henocq, 11/ Aurélien Chardon, 12/ Hugo Renard, 13/ Olivier Béranger, 14/ Michel Vincent, 15 / Eugenie Rapin, 16/ Baptiste Vignol, 17/ Patricia Douche, 18/ Jean-Pierre Douche, 19/ Michèle Domi, 20/ Marjolaine Piémont, 21/ Caroline Cochaux, 22/ Stéphane Feneyrol, 23/ Solenn Feneyrol, 24/ Antoine Piémont, 25/ Éléonore Piémont, 26/ Lucie Piémont, 27/ Amélie Andrieux, 28/ Bernard Werber, 29/ Elisabeth Quoix, 30/ Guillaume Lagorce, 31/ Vincent Baguian, 32/ Jean Dindineau, 33/ Lou Decleire, 34/ Judith Bouchardeau, 35/ Fred Gilot, 36/ Alexandre Esteban, 37/ Florian Petist, 38/ Lucie Petist, 39/ Greg Faure, 40/ Bruno Le Roux, 41/Jean-Pierre Pilot, 42/Katy Dumont, 43/Zazie.

Pour en savoir plus
sur les Éditions Plon
(catalogue, auteurs, vidéos, actualités…),
vous pouvez consulter
www.plon.fr
www.lisez.com

et nous suivre sur les réseaux sociaux

Éditions Plon

@EditionsPlon

@editionsPlon

CET OUVRAGE
A ÉTÉ ACHEVÉ D'IMPRIMER
SUR ROTO-PAGE
PAR L'IMPRIMERIE FLOCH
À MAYENNE EN FÉVRIER 2023

#lisez! engagé
www.lisez.com
Pour plus d'information :
Imprimé sur du papier issu de forêts gérées durablement.

N° d'impression : 101896
Imprimé en France